それでも、逃げない

三浦瑠麗　乙武洋匡

文春新書

1243

はじめに

本来ならば言論人と呼ばれるような人々が、まるで理性を忘れたかのようにSNS上で自説をがなり立てる現状には、いささか辟易している。それはもはや自説などではなく、特定の思想を持つ人々に媚びを売るために言葉を紡いでいるだけなのかもしれないとさえ思わされる。

そうしたなかで、三浦瑠麗という論者を私は信頼している。その言葉はつねに理性的で、右にも左にも流されることなく、シビアに現実を見つめている。いまこの国がどういう状況にあり、さまざまな社会課題にどのような処方箋が存在するのかを必死に学んでいる私にとって、たしかな羅針盤となってくれる論者のひとりだ。だからこそ私だけでなく、多くの方にも彼女の言葉に耳を傾けてほしいと思っている。

だが、私ほどではないにせよ、彼女にも毀誉褒貶相半ばするところがある。しかし、と思うのだ。私に対する「毀」や「貶」は妥当なものだとしても、彼女に対するそれは、はたして妥当なものだろうかと。彼女の主張や考察が、もし男性の口から発せられたものだったとしても、同じだけの批判や反論が寄せられるだろうかと。もっと輪郭をシャープにした表現に変えよう。まだまだ日本には「女のくせに生意気だ」という感情を無意識のうちに抱いてしまう人が多くいるのではないかと懸念しているのだ。

彼女自身、みずからが女性であることをどのように捉えているのだろうか。有利なこともあっただろう。不利なこともあっただろう。しかし、それは「あった」などと過去形で表すことはできず、彼女が生きていくかぎり、生涯つきまとう問題でもあるのだ。

それは障害者として下駄を履かされたり、はたまた多くの制限を味わったりしてきた私にとっても同じことが言える。三浦瑠麗にとって「女性であること」と、私にとって「障害者であること」には、きっと近しいものがあるはずだ。

そんな思いから対談をお願いすることになった。私は、ただひたすら聞き手でよかった。著者として私の名前すら出さず、インタビュアーに徹するのでもよかった。だが、文藝春秋の編集者の計らいで、私との対談という形式で書籍化されることとなった。おかげで、晒すのも恥ずかしい私の未熟な内面が、これでもかと顕在化してしまっている。ご海容いただければ幸いだ。本書でつまびらかになった私たちの生き方が、なんらかの生きづらさを抱えて生きる人々の一助となれば、望外の喜びである。

二〇一九年晩秋　　　　　　　　　　乙武洋匡

それでも、逃げない◎目次

第1章　女性として生まれてよかったと思う瞬間——三浦瑠麗

なぜ対談をすることになったのか

乙武 三浦さんと初めてお会いしたのは、二〇一六年ですね。ちょうど私生活におけるスキャンダルを報道されて、自宅に引きこもっていた頃、社会学者の古市憲寿さんにご紹介いただいて食事をご一緒したのがご縁でした。

三浦さんについて、当初はあくまで「国際政治学者」としてのご発言に興味を抱いたり、なるほどと学ばせていただいたりしていたのですが、番組などでご一緒するうちに三浦瑠麗という人間そのものに興味を抱くようになっていきました。というのも、政治関連の話題ではつねに冷静な語り口の三浦さんが、女性が不利な立場に立たされているようなニュースになると、かなり感情というものをあらわにする。これが意外だったんですね。私も「障害者」というレッテルを貼られることで、下駄を履かせてもらえていた部分もあるでしょうし、損をしてきた部分もある。どちらにせよ、レッテルに悩まされてきた人間です。だからこそ、三浦さんも「女性」というレッテルにかなりこだわりがあるのではないかなと感じるようになって。

三浦さんが政治や国際問題について語ることは多いと思うのですが、今回の対談では「人間・三浦瑠麗」に迫っていけたらなと思っています。

三浦　ありがとうございます。色々とお話ししたいと思って来ました。

乙武　最初から直球の質問なのですが、三浦さんは女性に生まれてよかった、と思っていますか？

三浦　いきなり（笑）。ええ、そうね。女に生まれたことに悔いはない、と申し上げておきましょうか。私は女であることしか知らないし、女であることを、いまでは愛《いと》おしんで生きています。人一人の人生にはいろいろなことがあります。その人間というものを知らなければ、「女性に生まれて得をしている」あるいは「損をしている」という単純化した見方で切り取ってしまう。確かにすごくいい瞬間もたくさん経験したけれど、大変な思いばかりしてきたというのも本音です。

その両面を一番よく表すのはお産でしょうね。いわゆるリスク妊婦だった私が二度にわたり出産したのは、母子の救命医療を最大限兼ね備えた病院でしたが、麻酔を使わないお産は死ぬほど痛かった。私が苦しむ傍らで、夫は心配そうに手を握ってくれていました。しかし、男性が入ってこれるのはそこまでです。人生で大きな節目のひとつである出産において、男性は脇役であり、周辺的な存在なのです。そして、私は一つのいのちに対して完全なる責任を負い、苦しむ一方で、赤ちゃんのいのちとからだのすべてを感じることができた。
もちろん私の娘は彼の子でもあります。しかし、夫が「この娘はすべて私が形作ったもの、私からこの子は生まれた」と思うような強烈な経験を持つことはできない。肉体的、精神的な負荷はすべて女性に来るわけですが、その分まぎれもない「当事者」であることができる。それが大きな違いをもたらしていると思いました。
出産だけではありません。女に生まれるということは、一定の負荷を伴うことです。もちろん、男性の大変さというのもあるでしょう。ですから、女性の大変さをここで一から並べ立てる気はありません。ただ一つ言えることは、女性はいつも、見られている存在として育つということ。そして周囲に促されて、呼吸するように周りに気を遣うようになる。私の記憶をたどれば、そのような気遣いの原体験は三歳の頃から生じていましたね。

乙武 いつも歯に衣着せぬ発言をする三浦さんが、周りに気遣いをしていたんですか？ちょっと意外です。

三浦 ふふ、そう思うでしょ。でもプライベートの私をよく知る人はそうだね、と頷くと思いますよ。私ももう三十九歳です。私がちいさいころは、今よりももっと保守的な世の中だった。学級委員長や生徒会長に女の子がなることはあまり考えられなかった時代です。いまも多様な世代が生きていますが、やはりまだ「フェミニンであること」は「物事をはっきり言わないこと」とイコールになっています。でも私はその二つをあえて切り離して生きることにした。それは、自分のこれまで歩んできた人生の積み重ねによって、やむをえずこの道を選び取るしかなかった、ということです。孤立や内気さ、おそろしいこと、さまざまな体験を通じてひとりでいることに慣れすぎてしまったので、自分の自由を手放せなくなったからなんですね。

私にとって、人を思いやることは何の苦もなくできることとです。家族の寝食を気にかけ、娘やそのお友達をいつくしみ、夫の願いを先回りして満たしてやる。他人に優しくすることは、こちらから溢れる愛情表現でもあり、相手に愛情を求めるしぐさでもあります。そういう愛情のやりとりを通じて、私たち人間は生きているのではありませんか。けれども、それと自我を押し殺すことは別物です。

もし男性に生まれていたら、こういった女性的な優しさは求められない分だけ、家族の自己実現よりも前に自分の自己実現を考え、気遣いの仕方もおおざっぱになっていたかもしれません。もっとエネルギッシュで、自分本位な人間になっていたかもしれません。だからといって今、男性になりたいかといえば、それは違う。やはり私は女性でありたいんです。

私の振る舞いに対し、ときに異なった価値観をもつ人びとが違和感を表明することがあります。意見より前に、容姿やしぐさ、言葉遣いなどをあげつらう人は、大抵、その具体的な意見の是非よりも、価値観や生き方に対する不信感を表明しているものです。例えば、中庸であることへの違和感、女性らしさへの違和感、反対に女性らしくないことへの違和感、女性がジェネラリストとして振る舞うことへの違和感。面白いのは、人はどのような価値観を否定するかによって、その人自身の本質が見えてしまうということ。

私の生き方は、やはり都会的な日本女性のものなんでしょうね。三歩下がる伝統的な日本女性のスタイルとも違いますし、アングロサクソンの社会で見かける強い女性像とも違います。現代的で、もっとフェミニンでいたいという気持ちでしょうか。自分でも表現しにくいものなんですが。

人と張り合おうと思ったことはない

乙武 国際政治学者として、メディアで活躍している今でもその感覚は変わらないのでしょうか？ 学者の世界も、かなり男社会に見えますが。

三浦　ええ、変わらないですね。今朝もある勉強会に参加してきました。男性たちの中に女性が混じることもありますが、まだまだいても一人か二人です。そういうところに席を与えられる女性は、極度にストレスに晒されるのだろうと思います。だから、私の今までの経験では、そうした少数者の女性は空気を読むことに長《た》けた人格者であるか、男性と対等に張り合い、自分の分を切り取ろうと頑張るタイプが多かった。印象論ですけどね。どちらにせよ、「男性中心社会」に溶け込まなければならない、という圧迫がなければ、そこまで過剰適応する必要がなかった人たちかもしれない。私はね、自由が一番好きなんです。空気を肺いっぱいに吸い込めなくなると耐えられないの。だから、あまり人とつるめないんですね。

乙武　その女性たちのように、男性と張り合おうとか、食らいついていこうと思ったことはないのですか？

三浦　平等に扱われたいとは思いますよ。でも、人と張り合おうと思ったことはあまりないですね。高校もいわゆる進学校ではありましたが、体育祭に精を出すのどかな県立高校でもあり、そこまで張り合うという感じではなかったですね。

乙武　アカデミズムの世界でも、その姿勢は変わらなかった。

三浦　そうですね。周りから見ると多少生意気ではあったかもしれませんが、フェミニンであることと物事をはっきりと言うことは、私の中では矛盾しないことなんです。先の勉強会で発言を求められたとき、直截的な表現を使ったんですね。少し周りがザワザワっとするような。でも、ビビッドな言葉を使うことで初めて浮き上がるものもあるでしょう？　ただ、私は自分が参加する会合で、得点したいとは思っていない。そこは本質主義でいきたいんです。思ったことをそのまま言いたい。でも、節度というものもあるし、同時に場を共有する人たちに優しくもありたい。

自主規制を取っ払うことは大事です。でも、自主規制を取っ払うことが配慮を欠いた言動になってしまっていたり、自分が自分がという人間になったりしてもよいというわけではない。自主規制というのは、たいてい保身から生まれます。人選された時点で、ガラスの天井（男性社会における女性のキャリアを阻む障壁）をすでにある程度越えている。すると、その立場を守ることが大事になってしまう場合もあります。男性だって同じ構造にあるのかもしれません。他方、男性の間でだって自己主張ばかりする人間が尊敬されるとはいえない。それは女性だって同じことです。

乙武　だとすると、今の男性社会の風潮を、改めるべきだとは感じませんか？

三浦　それについては賛成半分、反対半分ですね。いまの男性社会には、競争や権力闘争を通じて、強いリーダーが誕生している側面もあります。リーダーにはそれぞれ特性があって、大衆型のリーダーもいれば、ピラミッド社会の競争環境の中で鍛えられる人もいる。いずれも、競争と権力争いなしには磨かれない能力です。日本の古き良き大企業に見られるように、同質的な男性集団の中では、能力はあっても協調性のない人は淘汰され、重責に耐えられる人が上に行くというひとつの人材育成のモデルがありました。もちろん、それだけでは個性や才能が適切に評価されず、だめだ、というのがいまの常識となりつつありますが、確固としたモデルが今存在しているわけでもない。

反対に、女性だけで構成されている組織が必ずしもうまくいっているとも思えません。とりわけ、権力ピラミッドから外れたところで女性枠として育てられてきた人材が、危機管理に弱かったり、人望を集められなかったりするという問題も見えています。強いリーダーを生むためには、集団のなかの競争は必要です。いまの男性社会にはもっと改善の余地はありますが、仕組みを完全に壊すべきだとは思いません。社会を多様化し、もっと才能を賛美し、女性が少数派でなくなればよいのです。

弱者としての振る舞いしかしていない女性たち

乙武　私は男性社会の中で生きてきた三浦さんとは真逆の経験をしています。二〇〇七年から三年間、東京の公立小学校で教員を務めました。教員の社会は、社会一般に比べるととても女性比率が高いんです。そこで驚かされたのは、足の引っ張り合いが半端ではなかったこと。三浦さんがいうような切磋琢磨するような権力闘争とは少し違うものを感じました。

たとえば、教員の人事は校長ではなく、都道府県の教育委員会が握っています。学校の中で足の引っ張り合いをしたところで、自分が権力を握ったり、人事に影響を及ぼしたりすることはできません。ではなぜ、そんなことをするのかというと、もっとプリミティブ（原初的）な「あいつは気に食わない」という感情だけなんです。私にはいじめに近いものだと見えました。

そういった女性中心の社会を三浦さんは、どうご覧になりますか？　そもそも、三浦さんは女性中心の社会に身を置いたことはありますか？

三浦　私は小中高大学までずっと男女共学でした。女性だけの社会というのは経験したことがありません。だから、分からないかもしれない。ただ、今その話を聞いて思い起こすのは十代の一時期、共学であっても男子が女子から遠ざかるときがありますよね。すると、学校の中に擬似的な女性社会が現れる場合があります。その中における私の経験はあまり良いものではありませんでしたね、正直。

好き嫌いで動くこと、みんなおんなじでいたがるところ、他者に与えられた機会を阻もうとする姿などを見ました。それは、結局は個々人が抱く将来への期待の大きさと繋がっているのかもしれない。リーダーになれると思えば、リーダーらしく振る舞う動機付けができます。しかし、少なくとも私が思春期だった頃は、多くの同級生の女性たちはリーダーらしく人望を集める行動を取ろうとしませんでしたね。

乙武　それは、どうしてなんでしょうか。

三浦　最近はとみにリーダーとして振る舞う女子高校生が増えてきた、と最近母校を訪問したときに校長先生に伺いました。でも、ほんとうに実力主義を信じられるのは、進学校に通う女子の一部にまだまだ限られるのではないかとも思うのです。成功している女性にとっても、後進を育て応援できるかというのは重要な分岐点です。自分の後輩女性たちに、後輩男性よりも厳しい基準を課していないか。自分はこれだけ頑張ったんだから、という理由で、育てるよりも潰す方にいってしまってはいないか。男性と同じように評価されよう、と頑張る過程でむしろ自分が教えられてきた気遣いや思いやりのようなものを切り捨ててしまう人もいます。

リーダーになろうと競争することでより良い機会が得られると思えば頑張るかもしれないけれど、容姿や気遣う能力を中心として評価される社会であれば、そのために最適化する行動をとってしまいますよね。裏をかえせば、社会が女子には別な動機を与えてリーダーになれない子たちを大量に生み出している、ということです。そして、女性のリーダーを育てる過程では、本来男性社会に導入すべき思いやりの要素が十分持ち込まれないことが多い。男性社会のルールに従って競争しなければ這い上がれないからです。

乙武 そうすると、日本という社会構造の中の女性と、たとえばヨーロッパのような社会構造における女性は、違う特性があるということでしょうか。

三浦 ヨーロッパを一つにはまとめられませんが、男女平等が進んでいる一部の国に関してはそうですね。リーダーシップに占める女性の割合が違うのはそういうことだろうと思います。日本では、求められる美質が男女で大きく違うわけですから。

ただ、注意すべき点は男女平等が進んだからと言って、セクハラをはじめとする性をめぐる問題から解放されるわけではないということです。先日、北欧のとある国の国防次官が来日した時、大使館でディナーミーティングをしてきました。その国防次官は女性です。彼女のボスも、実は女性。そして同席した何人かの軍人と外交官は男性でした。男女が平等に肩を並べて働き、その場で一番ランクが高い人は女性だった、という構図ですね。でも、その場では性的緊張感がなくなってはいなかった。

乙武　どういうことですか？

三浦　何があったということじゃないんです。ただ、違う性が入り混じることによる緊張感はそこにあったということ。男性だけの空間には性的緊張感はほぼありません。男女が空間を共有すると、それが生じる。職場に性的な緊張感が漂っているのは、女性の力が弱いからだ、という言説があります。けれども、世界で最先端の男女平等を実現している北欧の国で、トップが女性であったとしても男女の間には性的緊張感が生まれるものなのだな、と私は理解したということです。権力関係は、人間関係にあからさまな序列を生みます。ボスとして振る舞う女性が性的緊張感をもたらさないとも限らないのです。そして、男女が入れ替わったセクハラやパワハラも当然起こらないとは限らないのだということです。同じ権力を追求する人間であることには変わりはないのですから。

現在の日本人女性は、権力を行使していないから弱者なのです。

映画「007」の女性上司

乙武　今はダニエル・クレイグがジェームズ・ボンド役を演じている「007」シリーズでは、ボンドの上司であるMI6（イギリスの秘密情報部）の局長「M」は最近まで女性でした。ジュディ・デンチが演じていて、日本社会でいうところの〝おっさん〟的な役回りをしています。女性が上司になるということが当たり前の社会では、女性がリーダーになってもおっさん化するんだなと思って見ていました。「007」のMにはフェミニンさは何も感じなかったし、その役が男性であっても物語にはなんら影響しない。そこが面白かった。日本では物語の軸となる組織のリーダーが女性だと、そこに何らかの意味が付与されるし、その役が男性であることとの違いが絶対生じると思うんです。

三浦　ええ。あの映画の中で、Mは常に断定的な口調でしゃべりますよね。生まれ育ちがいいという設定なので、彼女が話す英語もイギリスの上流階級の使う英語です。口をあまり開かずにコンパクトに話すので、さらに断定口調に聞こえます。Mの場合は、イギリスの階級社会で上位にあることが、女性であることよりも明らかに意味を持っていると思います。それが英語の発音やエレガントな立ち居振る舞いなどでわかるように作られているのだと思います。

　でも、日本で同じものは受け入れられない。確かに「シン・ゴジラ」では、防衛大臣は余貴美子さん演じるはきはきと喋る女性です。しかし、彼女は日本人がイメージできる冷徹で「有能な副官」としての女性像にすぎませんでした。存在しないものを生み出そうとするのは大変なんです。日本で貴族の女性と言ったら、しずしずと歩き、ごく控えめな表現でしか自己主張しない現代の皇室女性のイメージになってしまっている。戦後の日本ではかつての身分制の残滓もなくなりましたので、ヨーロッパのように恵まれたごく一部の特権階層も存在しない。この間欧州委員長に選ばれたドイツの前国防大臣のフォン・デア・ライエンなんて、十六世紀にまでさかのぼる元貴族の妻ですからね。これは身分制がある社会とない社会との違いだと思っています。

乙武　身分制が厳然としてあって、日本にはないということですね。

三浦　日本の貴族の女性がどう振る舞っていたか、というのも思い返してみると面白い。『源氏物語』が書かれた時代は、高貴な女性は世間に姿を晒してはいけないし、顔を隠して過ごさなければならない立場でした。男性も、通って初めてその女性の顔を見る習わしだった。その代りに歌を詠んで自己アピールをしたわけです。けれども、宮中に仕える女房たちは「官僚」としてもっと自由な活動ができた。そこでたくさんの政治が行われ、詩歌が詠まれ、才気煥発な文化が紡がれた。

一方で、もっと現代に近いところでの、江戸時代における武家や豊かな商家の女性は違いました。おそらくこのあたりがいまの日本人の「ファーストレディー」像のお手本になったのでしょう。家の中の万事を取り仕切り、甲斐甲斐しく夫を支える。でも、扱っているのは基本的には事務仕事と雇い人の世話です。秘書的な仕事をしながら妻の務めとして家事もやっている。それが、いまの政治家の妻などに社会が求める型ではないでしょうか。荒っぽく言うと、時代劇に出てくるような「おかみさん」的な振る舞い方を求めている。

乙武　なるほど。時代劇的女性か。

三浦　支える役目にも、それなりの脚光が当たるようになっている。奥さんがすべてを取り仕切っていると囁かれるような政治家ファミリーはいます。でもそれは、家の繁栄に尽くす女性のあり方であって、彼女自身がリーダーであるということではないのです。

なぜ、日本で女性のリーダーが生まれないのか

乙武　いまのお話を伺っていて気になったのですが、三浦さんの考えでは、日本ではこ

れまで真にリーダーのポジションで活躍できた女性は誕生していないということですか？女性政治家や経営者は何人もいましたし、女性リーダーも多くいたようにも思えますが。

三浦　もちろんいらっしゃいます。でも少ないと思いますね。政治を例にとるなら真のリーダーに近かったのは、社会党の委員長だった土井たか子さんでしょう。彼女の押しの強さには、周囲も一目置いていたといいます。ある官僚の方がおっしゃるには、彼女にさまざまな説明をしに行くとき、考え方が一八〇度違うんだけれども、自分はリスペクトしていたと。それは彼女がリーダーだったからでしょう。

乙武　私も、土井さんのお顔が頭に浮かんでいました。最近ではどうですか。小池百合子東京都知事は、リーダーといえますか？

三浦　小池さんはある種のリーダーですが、仲間が少ない一匹狼ですね。男性がのしあがるようなピラミッド組織のなかで勝ち上がってきた人ではないからです。テレビ業界のキャリアから始まり、細川護熙元首相が立ち上げた日本新党の広告塔的な存在として政界に登場し、頭角を現してきました。

このキャスター出身というのは、日本の女性政治家を生むキャリアパスの一つですね。蓮舫さんも丸川珠代さんもそう。キャスター出身の方は、白いスーツをよく着るんです。

選挙特番のようなここぞというときは特に。黒っぽいスーツばかりの男性の中で、白がひときわ目立つからでしょう。あるテレビの選挙特番に白いスーツを着ていったら、服の色が被ってしまって、こちらがもう一つの服に着替えた経験があるんです。そのときに「あ、白い服って、その場に一人じゃないと意味がないんだ」と気が付いたんです。

実はここに女性ならではのキャリアパスの問題があるのではないかと思うんです。本来的なリーダーとは違う道を通らされている、ということ。並みいるダークスーツの中で、同じ服とネクタイを身に着けながらひときわ抜きんでるというのが男性のリーダーだとすれば、ただ一人の女性であることが価値に繫がる、というやり方といってもよい。よく「女性刺客」などという表現がありますが、下から丁寧に育てるのではなく、糾弾役としてばかり脚光を浴びさせると幅の広い人材には育たない。いままでのような女性政治家の育て方ではだめなんです。

何が一番欠けているかといえば、仲間です。小池さんも、都民ファーストの会という都政与党を作る過程でそのような努力をされたのだと思いますが、すぐに強権批判がでてきてしまった。男性中心にがっちりとした組織をつくった地域政党の維新の会とは対極的です。

もう一つ、小池百合子氏のような実力でのしあがる女性政治家が直面する困難は、男性と違って、女性は権力を目指すと嫌われがちであるということ。二階（俊博）さんを、「権力のために政治をやっている」と大真面目に批判する人は少なくとも、小池さんはそのような批判を一身に浴びます。でも、確かに彼女にはそういうところがあるから悩ましい。

二〇一七年の希望の党立ち上げの時には、国政の政策目標よりも、彼女が上に行くことがメッセージの中心になってしまっていたと思います。少数派として抑圧されてきた女性である自分が上に行くこと、それは社会にとっての正義だ、というメッセージですね。でも「私が上にのぼる」以外に何もなければ、当然支持は集まらない。そして、そのような態度は虚無につながりかねません。

小池さんが女性であるがゆえにより厳しく評価されてはいないか、ということはよく吟味しておくべきことだと思います。それでもなお、小池さんにはリーダーが当然持つべき部下や仲間といった人間関係が周囲に感じられにくい。『文藝春秋』（二〇一八年七月号）で、ノンフィクション作家の石井妙子さんが、若き日の小池さんのカイロ留学時代を中心にルーツを探る記事を書いています。小池さんの抱えてきたものが見える記事だと思いました。

乙武　たとえば、どのようなものですか？

三浦 ルームメートが抱く小池さんの印象ですかね。あの記事はカイロ大学を首席で卒業したと以前から言ってきた小池さんの「嘘」とおぼしきものを暴こうとする調査報道です。上り詰めていく彼女をはるか遠い所から見るかつての学友の眼差しを、公平なものとして位置付けられるかどうかは分かりません。そもそもテレビだって、政治だって、弁舌でわたっていく虚業の世界みたいな側面はあります。ただ、成功を眼前にした彼女が、ルームメートの手に模造真珠のブローチを握らせたシーンに、その若さと、まっすぐなほどの権力へのあこがれを感じたんですね。ああ、これは違うなと思った。権力に対する憧れが悪いと言っているんじゃないんです。何をするか、が人生においてはもっとも大事なことなんじゃないかということです。

小池都知事のしたたかさ

乙武 土井さんの場合は、たとえ彼女が男性だったとしても、同じ地位まで行ったように思います。一方で小池さんがもし男性だったら、たしかにあそこまでの地位に上り詰めることはなかっただろうという想像力は容易に働きます。ただ、それは決して悪いことではないようにも思うんです。私だって自分自身を客観的に見れば「手足がないから、ここまで注目された。もし手足があったらこういった評価をされなかっただろうな」と思うからです。私は手足がないなりに自分自身で勝負どころを決めて勝負をしてきた。その結果、今の私になっている。小池さんも女性として女性性を武器にして戦ってここまできたというだけのことだと思うんです。

三浦　小池さんはいわゆる政策通ではありません。二世でもない。それなのにここまでこれたことに対し、単純に「女性性を武器にした」という枠組みを当てはめるのは、小池さんの足跡を見ていくと、本質とはズレてしまう気がします。

乙武　それはどういうところで感じますか。

三浦　二〇一六年の都知事選の際に、石原慎太郎元都知事が演説で小池さんのことを「大年増の厚化粧」と言って問題になりましたよね。あの言葉はどう考えてもひどい発言で全く弁護はできません。小池さんの妻さは、単に女性蔑視を非難するだけでなく、自分の顔に痣《あざ》があってコンシーラーでそれを隠していたことを自ら明かし、明確に石原発言の被害者の立場をとったことです。怒りもあっただろう、悔しさもあっただろう。そのなかでしかし、最も効果的な手段を取ることができるというのが彼女の能力の最たるものだと思います。

単に「女性」であることの象徴性を活かしたからここまで来れたわけではありません。逆境を乗り切る彼女の能力は、人間不信さえ感じさせるほどのレベルで際立っているのです。私が小池さんにリーダーシップを見出さないのは、人間不信に基づく際立った逆境処理能力に、単に私自身が惹きつけられないというだけのことです。

男性の嫉妬

乙武　なるほど。たしかにあの時の返しには私も唸らされました。ただ、彼女がコミュニケーション能力が高いかというと、私はそうは思えないんです。私自身はきちんと話したことは一度もないのですが、親しく接している人に聞くと、彼女のことをみなさん、とても悪く言うんです。親しい関係にあった人の多くに悪く言われるのは、それは明らかに「コミュニケーションが下手」なのではないかと思えてくるのです。

彼女は「おじさま」への取り入り方が上手でポジションを得てきた人。しかもその武器を自覚しているように見える。「女性だから可愛がられた」という評価が真実だった場合、土井たか子さんのように小池さんが男性だったとしても、今のように活躍できていたのかなと思うと疑問符がつきます。

三浦　まあ、男性だったら成り立たないモデルではありますね。でも、私だって女性でなければ成り立たないタイプのコミュニケーションに基づいた関係性を築いているのかもしれませんよ。私は女ですからね。それ以外のものにはなれない。だからと言って男性に好かれるとは限りません。男は女だから甘やかすとは限らなくて、とりわけちょっと近い世代なんかだと、競争意識から摩擦が生じやすい。

小池さんについて言えることは、「男こそ最も嫉妬深い生き物だから、『嫉妬』の漢字のおんなへんはおとこへんにすべきじゃないか」という彼女の過去の発言から窺えるように、男の嫉妬もふんだんに受けてきた、ということですね。そこには同情要因もあります。

乙武　男の嫉妬も、本当にタチの悪いものですね。私も相当苦しめられてきました。

もう一人、三浦さんの評価をお聞きしてみたい女性政治家は野田聖子さんです。彼女は自分自身を「女を使っていない」キャラにしている。でも、それはそれで使っていると私は思うんです。野田さんは支持者たちとの会合で、あえて下ネタを言うことでウケを取りにいく。これを男性がやってしまうとただのセクハラと言われてしまいますが、彼女がやると「聖子ちゃん、女性なのにあんなネタやってサバケてる」とプラス評価になるわけです。野田さんは、おそらくそれをわかっていて戦略的にやっていますよね。私自身は、そういう部分を面白い人だな、と思っているんです。

三浦　野田さんの場合は、周りからは、また違った個性で「女性性」が高いとみなされていると思いますよ。ただ、身近で気さくな「セイコちゃん」という存在であり続けている。男性の輪に入っても大丈夫なひとですね。面白いポジションだと思います。

乙武　三浦さん自身には、ロールモデルというか、「この人みたいになりたい」と思える女性はいますか？

三浦　分かりやすくはいないですね。好きなひとはいますよ。だけど、うーん、やはりロールモデルはいないです。

乙武　たとえば、野田さんのような先輩がいたら頼ったりします？

三浦　どうだろう。実務的な話は相談すると思いますよ。でも私の場合、深くモノを考えることが仕事であり趣味なんです。だから、自分の中のモヤモヤとした気持ちを表す、ただ一つの的確な言葉を探し当てたいと考えているような人が友達に多かったんですけど、そういうタイプの人は多くの場合出版界にいますよね。まあ、私はもともと、あんまり友達が多くないから（笑）。

私は友達が少ない

乙武　友達が多くないとおっしゃったけれど、親友と呼べる存在は？

三浦　夫以外で？

乙武　ほお……（笑）。

三浦　夫以外はあまり多くないですね。家族を別格にして、親友は大学の頃からがひとり、大学院がひとり、そして最近はほとんど会ってないんですけど、小学校四年の頃からの友達がひとりかな。それくらいでしょうか。あとは男性の仕事がらみの友人ですね。プライベートだけの関係というわけではないです。

乙武　そもそも友達に関して「無理に作らなくてもいいや」「できたらできたでいいや」という流れに任せたらそういう状況になったのですか？　それとも「がんばって作ろう」としてきたけれど、そこまでの関係になれる存在を作ることができなかった？

三浦　小学校二年で転校する前までは友達はわりといました。でも、そこで友達を作るのを諦めたんです。

乙武　ずいぶん早いですね。

三浦　同級生の女の子の多くが興味を持っていることに、私は入っていけなかったんですね。テレビを見ない家でしたから、話題がそもそも合わなかったのもあります。孤独になりたくないという目的のためだけに一緒にいることはできなかったし、あまり受け入れてもらえていない気がして。

高校生になると、仲のいい男の子ができて、彼とは一時期いつも一緒にいました。今はフェイスブックで緩くつながっているだけですけど。私は、友人のそばにいたい気持ちがないわけじゃなかったんですが、彼ら自身の生活を邪魔したくなかった。

乙武　それは、どういうことですか?

三浦　傍に私のような行動パターンで生きている人も、私のことを理解してくれる人もあまりいなかったから。仲良くした子も、私だけじゃなくて色んな人と仲良くできる可能性がある人なんです。でも、私といたことでその可能性を失ってしまうかもしれない。それは、かえって気の毒な気がしてしまったんです。

乙武　小学二年で諦めて、割り切って、周りに媚びずに生きる孤独を選んだ。その先に今の三浦瑠麗がある。この生き方を他人に勧めますか?

三浦　いやいや(笑)、勧めませんよ。でも私の遺伝子を受け継いでいる小学生の娘については、「そういうふうになるかもしれないな」という部分が一部ですが見えてきています。
娘が小学校一年生の一学期の終わりに、学校でアンケートをとったんです。彼女は一年生のうちでただ一人、「学校が楽しいか、楽しくないか」の設問に対して「楽しくない」と答えた。先生が「なんで？」と聞いたら、「つまんないから」と答えたそうです。保護者面談の時に、担任が困った顔をして教えてくださったんです。「常につまらないというわけじゃなくて、きっとそのときそういう気分だったんだと思います」と言ったんですけれど、こういったときに忖度《そんたく》せず「つまらない」と答えてしまうのは、私の性格そっくりだなと思いました。

乙武　娘さんは自然と受け継いだかもしれないけれど、人に勧めないわけですよね。それは、やっぱりしんどいから？

三浦　しんどいというよりも、その人が「私じゃないから」ですかね。それに、私みたいな経験をしないで済むのなら、しない方がいい。でも、もし仮にその人が私みたいな性格で、私のような経験をしたら「大丈夫だよ、きっとよくなるよ」というでしょう。小中時代は、時間が永遠に続くように感じたけれど、今はわりと生きやすくなっています。

言葉で人を傷つけてしまう

乙武　「私みたいな性格」だったら大丈夫とおっしゃいましたけれど、その「私みたいな性格」をもう少し細かく分析すると、どういったものですか?

三浦　そうですね。まず、ほぼ嘘がつけないの。嘘をついたときは、絶対に顔に出てしまうから。あと、お世辞がなかなか言えないんですよ。たとえば着ている服を褒めてくれるじゃないですか。ふつうは褒め返すのが礼儀ですよね。私はその「お返し」として褒めるのがどうしてもできなくて。本当にいいなと思っているのに、わざとらしく感じられるのが嫌なのかな。だから、お返しはほとんど何も言わないですね。

あとは、基本的には自由が好き。私は会議が耐えられないんですよ。授業や講義を聴いているのも本当は無理（笑）。退屈すると寝てしまうし。小学校や中学校は、椅子が固いじゃないですか。あれに腰掛けて机に向かうのが本当に苦痛でした。今でも原稿を書くときはそうですが、基本的にひとところにいられなくて転々とする性格で。大学の受験勉強は、自分の部屋に勉強机があるのに、ほとんど畳の部屋のこたつでやっていましたね。

性格でいえば、今までの話と真逆に思われるかもしれないですけれど、私は八方美人だと思います。

乙武　どんな風に八方美人なのでしょう。

三浦　争いごとが嫌い。仕事の関係や金銭の授受を伴うレストランやタクシーでは、私は人に対して丁寧でちゃんと話せる方だと思います。でもそれはビジネスライクな関係だから楽にできるだけ。家族は、そんな関係は人間同士の親しい関係性じゃない、と言いますけどね……。人間に対してとても距離を取るんです。私の問題点、見えてきましたか？

乙武　いえいえ、問題点というよりは特徴ですね（笑）。そういった自分の特徴に、悩んでいたことはありました？

三浦　はい。なんで自分はみんなみたいに自然に過ごせないんだろう、と思っていました。人の話を長く聞くのが嫌だし、無理してお世辞を言って相手が微妙な顔をしたあとで、「ああ、やっぱり駄目だな」とか。そういうことが頻繁にあるから、人と付き合うのが苦手でした。

私は、そもそもお店に入るのも苦痛だったんですよ。カフェもお寿司屋さんもダメだった。いまやひとりでお寿司屋さんに入って、ニコニコしゃべって、交流までできるようになったんだからすごい、と自分では思っているんです。昔は服を買うのにお店に入るのもいやだったのに、よくここまできたな、と。飲み会にだって参加できるようになりましたしね（笑）。ごく最近ですけど。

乙武　どの時代が、自分の性格に関する悩みが最も深かったですか？

三浦　中学校のころですね。小学校の時も、すでにその問題はわかっていて悩んでいたけど、まだ子供だったからいまいち理解してはいませんでした。世の中にはまだなにかがあるんじゃないかと思っていました。

乙武　なにか、とは？

三浦　なにか分からないけど、新しくて自分の世界が変わるようなもの、ですね。自分が読む本が膨大にある気がしていたし、男の子のことで悩むなんてまだなかった。だから、ちいさいころは、どこかに脱出したり大人になれば解決するような気がしていたわけです。

中学というのは微妙な時期で、自分の体の変化が気になってくる年齢です。小学校高年のころから、私は他の子よりも早く太ももが太くなったりお尻が大きくなってきました。だから当時の体操服のブルマが嫌でした。いま思うとブルマって、ほんとうに非人道的な服ですよ。それからスクール水着も大嫌いだった。「あんなの着たくない、今すぐ消えたい」とずっと思っていました。着たら透明人間になれるようなマントをかぶりたいという願望がありました。

乙武　そういう性格や考え方を直そう、改善しよう、としたことはある？

三浦　改善？　ありません。

乙武　苦手だけれど、「人にむりやり話しかけてみよう」とか、そういう努力もしなかった？

三浦　そういう積極的な自己改善はしていなかったし、できなかった。そういうことを、乙武さんはするの？

乙武　私は三浦さんと違って人と話すのは好きだったので、同じ文脈ではなくなってしまうけど、自分が苦手とする、自分が嫌だなと思っているところは、徹底的に直してやろうと考えるタイプでした。

三浦　すごいですね。尊敬する。

乙武　たとえば中学のとき、車椅子に乗っていた自分がふと鏡に映ったのを見て、ものすごく猫背で、「しょぼい男だな」と思ったことがあったんです。このままだと、一生この猫背のままだなと思って、そこから背筋を伸ばすことを常に意識しました。そのおかげもあってか、今では「背筋がピンとして姿勢がいいね」と褒《ほ》められることが多くなったんです。そういう自分が嫌だなと思ってることを一つ一つ潰していくのが性格的に好きなんです。

三浦　ポジティブですね。

乙武　まあ、傲慢な性格だけはなかなか直せずにいますけど（笑）。

三浦　それ、本当に悪いと思ってないからじゃない？　姿勢をよくしようというのは、ある種、服や髪型を変えるのと同じ。でも、中身の方は……。

乙武　なかなか変わりませんね。

三浦　結局、自分を肯定的に捉えられるかどうかですよね。私が自分でいやだけれどなかなか変われなかったことは、どうしても言葉で人を傷つけてしまうことですね。母親には、「言葉に出す前に、まず三回考えなさい。そうすれば大丈夫だから」とよく言われていました。あまり実践できていないかもしれないけれど、以前より言葉を大事にするようにはなっていますね。「能ある鷹は爪を隠せ」と言われたのも何だか欺瞞《ぎまん》ぽくて、好きじゃなかった。

乙武　きっと、今のようにご自分を「能ある鷹」と言えてしまうこと自体が、一般的にはカチンときて炎上するんでしょうね（笑）。それはさておき、お母様もあえてそんなことをおっしゃったということは、三浦さんは子供の頃から非凡なものを感じさせていたのでしょうね。

三浦　私はどうしても集団生活に馴染むことができなかった。うまく世渡りしていく、器用に生き抜く術《すべ》を知らないんです。人に頼み事というものをするのが苦手ですしね。

いじめ、「人民裁判」でわかったこと

乙武　三浦さんは過去のインタビューで、一人でご飯を食べるのに慣れすぎて、人前で食べるのが苦しかった時代があったと話していましたよね。

三浦　ああ、高校時代、陸上の部活が終わったあとに部員同士で学校の近くにあるファストフード店に寄ることがありました。他の人たちが楽しくやっている中で、私はなかなかハンバーガーを頬張ることができなかった。口を数センチも開けられなかったんです。

乙武　口を開けたくなかった？

三浦　顎関節症《がくかんせつしょう》気味だったのもあるかもしれないけど、やっぱり人前で物を食べるのがつらかったんでしょうね。小学校の頃から人目を気にしていて。高学年のころには、いじめを少し経験しました。だから給食の時間も、自由席制の日をなくしてくれと先生に訴えたこともありました。

乙武　どんないじめだったんですか。

三浦　同級生の女子に、服装やメガネのことをからかわれたのが最初だと思います。視力は三歳で〇・一しかなかったので、中学生までは度の強いメガネをかけていました。子供はそういうところをいじめの対象にするものですよね。

乙武　でも成績はよかったんですよね。

三浦　そうですね。おそらく教師からすると、明るくて元気な子供らしい子供が好きだろうし扱いやすいのでしょうが、私はそういうタイプではなかった。子供からしても教師からしても、異質な存在だったと思います。

乙武　いじめは中学校のときのほうが強烈だった？

三浦　中学校から陸上部だったのですが、部内で仲間外れにされたときはきつかったですね。一切逃げ場がなかったから。ある時、部活の顧問が同じ学年の女子部員たちを木工教室に集めました。そこで私を「被告」にした「人民裁判」のようなものが行われたんですね。当時の私は、いつも一人で部活の練習をしていた。色々な経緯があって、話し合いをしようということになり、顧問がみんなを集めた。夕陽が差し込む教室で、女子部員たちが一人ずつ、私への不満を順番に言っていきました。そして、洗いざらい話し終わる度にワーッと泣く。なんか型があるというか、儀式みたいだなと思ったのを覚えています。

乙武　なんなんですか、それは……。

三浦　自分で自分の話に感動して、涙を流す。洗いざらい気持ちをぶつけあうことが和解に繋がるのだという発想ですね。よくある間違ったアプローチです。いじめている側の子の人数の方が圧倒的に多く、いじめられている側は一方的に被害を受けているのに、その子たちが自由に感情をぶつけ、和解を演出すれば物事が収まると思うのは間違っていると思います。

乙武　彼女たちの「不満」とは具体的にはどのようなことだったんですか？

三浦　まあ一つ一つは、生意気だとか、気取っているとか、自慢しているというようなことです。テストで「やばい、こんな点をとっちゃった」と笑いながら話したら、「そうだねー」と私が軽く返したとか。男子と仲良くして自分たちを無視しているというのもありましたね。

乙武　なるほど。いわゆる「空気を読まない子」だったわけですね。

三浦　そうねぇ。人間というのは多面的なものです。私は私で嫌なところを持っていたでしょう。ただ、いじめというのは欠点をもっている子、全員が受けるものではない。あくまでも集団的なヒステリーであり、人間の弱いところを狙った攻撃なんです。

私は世間知に基づく行動がウソっぽくて嫌いで、気を遣えなかった。あの「人民裁判」の時、泣いていた女子たちが、私によって嫌な思いをしていたことは事実なのでしょう。でも、いじめや無視というのは、あくまでも一方的なものです。ひとりぼっちの私は、そこで自分の思いを一方的に話して泣いてしまうようなカタルシスにまるで共感できなかった。言い返そうとも思いませんでした。私はこれからも十分に気は遣えないし、おもねることもしないだろうなと考えていました。

乙武　楽ではないけれど、そうするのが自分だからということですね。

三浦　そうですね。

夢の世界にいるような目つきをしていた

乙武　いま伺った自己分析を含めて、三浦さんは「日本的」ではないですよね。そこに私は興味があるんです。自分にも同じようなところがあって、日本社会に適応しにくいタイプです。しかし、私も三浦さんも生粋の日本人です。私の場合、一昨年までは日本以外で生活したことがなかった。三浦さんも海外生活をしていたわけではないですよね？

三浦　ええ。

乙武　私たちは決して似ていないし、むしろ違う部分が多いと思うけれど、「日本社会にあまり適応できていない」という点においては、結構、共通しているように思う。三浦さんの場合、どういった理由で、「適応できない人間」になっていったと思われます？

三浦　乙武さんは、人と同じ体で生まれていたら、適応するチャンスはあったのではないですか？

乙武　うーん、どうだろう。やっぱり、無理な気もするなあ。

三浦　そうなのかなあ……。私の場合、最初は小さな差だったと思うんです。それがだんだんと、大きくなりのっぴきならなくなってきた。先日、テレビの取材で必要があって三、四歳の幼稚園の年少の頃の自分の写真を見返すことがあったんです。一番違うのは目でしたね。いったいどこを見ているんだろうというような、はるか向こうを見ているような目をしていました。

乙武　それは、どう違うのだろう？

三浦　夢の世界にいるような感じですね。頭の中で空想が展開しているのか、フワフワとした顔をしているんです。すでにこの頃から視力が落ちていたので、ちょっと焦点がずれているようにも見える。その焦点のずれ方も、頭の中の妄想部分が大きいことも含めて、「この子はどこを見ているんだろう」と思われていたんでしょう。当時の私はいろいろな人に見られていたけれど、本人は見られていることに気づいていなかったのだと思います。

乙武 なぜ、見られていたとわかるんですか？

三浦 そういう意識がのちに芽生えたからですね。まだちいさいときに、自分が着ていたジャンパーをしゅっと腰に巻いたことがあった。それを祖母が見咎めて、母にあの子は違うから気をつけなさいよということを話したようなんです。

乙武 ほお……。

三浦 今の自分とその時の自分をつなげて自己定義しようとすると、完全な後付けになりがちです。人間は選択によって少しずつ自分を作っていき、変えていくものです。幼かった私が「他の人と焦点がずれたところ」を見ていたというのは、スタート地点にすぎません。家族を含めた世間との相互作用によって、今の私の世間とのずれにつながっているのだと思います。

乙武 今、小学生の娘さんと一緒に暮らしていく中で、当時のおばあ様の想い、お母様の想いというのが、少しは理解できるようになった部分というのはありますか？

三浦　よくありますね。娘の中に昔の自分の姿を見ますのでね。もちろん娘は私と違って、私と夫の特徴を半分ずつ持っている。すべて似てはいないのかもしれないけれど、なんとなくわかるところがある。かといってどうにかできるわけでもないんです。ずれがすべて悪いわけでもない。私の「ものを書きたい」という強い想いは、世間とのずれを通じて生まれたのだと思います。

乙武　娘さんと三浦さんご自身、似ている点を感じますか？

三浦　多数に合わせることがないところ。教室の中で一番おとなしい子とお友達になるところ。まだ日本語ができない外国人の女の子と仲良くしているようですね。相手も本当にうちの娘のことを好きなのかもよくわからない。でもお友達の面倒をしっかり見ているところが、私と似ているなと思いました。あとはすでに女っぽいところもあったり、激しい感情やコントロール欲があったり。ペットに対する態度も、父親に対する態度も、母性のかたまりみたいなところがあり、挙げていけば似ているところがたくさんあるものですね。

乙武　三浦さんも、〝コントロール欲〟は小さい頃から強かったんですか？

三浦　娘ほど全面的には出ていませんが、強かったと思います。私は五人きょうだいの三番目で長女ではありません。弟や妹の面倒は、よくみていたと思います。姉や兄がいるのですが、私は「小さいママ」みたいなポジションで、弟や妹に毎晩お話を作って聞かせてあげていました。

今でも娘にお話をしてあげます。あのね、物語の語り手であることは、ひとつの支配の形態でもあると思うんです。これは文筆業に就いている人間のある種の特徴かもしれません。腕力ではなくて、空想に人を引き込むことを通じてその場を支配する、という。私はめったに物語的なものは書きませんが、お話を口で伝えることで、娘を物語を通してコントロールしているところがちょっとあると思います。

乙武　三浦さん、それって疲れません？

三浦　どうして？

乙武　普通なら「かつては妹や弟に、今では娘に、自分の創作した話を聞かせています。私って母性あるな、創作力あるな」というお話ですよ。でもそこから、「これは支配だな」とまで考えてしまうのは、珍しいなと。そこまで深く考えてしまうと、さぞかし疲れるのでは。

三浦　あら、ぜんぜん疲れませんよ。うちの家族はいつもそうなんです。家族で三時間ほどドライブしていても、音楽もかけずに、ずっと夫と話し込んだり。それぞれで物思いにふける時間もある。本を読むか、原稿を書くか……。三百六十五日、基本はそれをやってるわけです。

最近は娘が「ママ中毒症」にならないようにと、私の作った物語ではなくて、別の分厚い物語を、漢字にルビを振ったりして読ませています。同性同士の極端な依存関係ってハッピーじゃないかもしれないから。今ではだいぶ移行に成功しています。もはやこちらを見向きもせずに没頭していますよ。

きょうだいとの関係

乙武　三浦さんの「瑠麗」という名前は、どなたがつけたのですか？

三浦　母じゃないかしら？　最初は瑠璃子にしようと思っていたけど、「璃」が当時の人名用漢字に入っていなくて名前に使えなかったみたいです。私が生まれた翌年に使えるようになったそうですけれど。でも、「瑠璃」って響きも漢字も好きで、古い言葉ですよね。古くから名前として使われていて、『源氏物語』の「玉鬘《たまかずら》」（光源氏が義理の娘に恋をしてしまう帖）の主人公が、玉鬘＝瑠璃君です。でも当時は漢字が使えなかった結果、瑠璃子ではなく「瑠麗」になった。

乙武　なぜ瑠璃子にしようとしたのかは、ご存知ですか。

三浦　それはわからないです。

乙武　聞いたことないんですか？　小学校時代に宿題で「自分の名前の由来を聞いてきましょう」などというものが出されませんでした？

三浦　そういう宿題はなかったですね。そもそも、名前の由来を疑問に思ったことはないんですよ。漢字は疑問に思ったことありますけど。変ですか？

乙武　私が気になるタイプなんで。気にならない人もいるんだなと。

三浦　多分五人きょうだいでごちゃごちゃ育ったから気にならなかったんじゃないかな。私ってなんでこうなの？　私ってなんでこうなの？　という問いは、けっこう関係に余裕のある一人っ子に多い問いだと思うんです。

乙武　私、一人っ子です（笑）。

三浦　娘がそうですからね。でもうちはもう少し複雑で。私には、切迫早産で死産してしまった長女がいました。娘はその長女と自分の「差」について、よく訊いてくるんです。「私の名前は二番目に好きだったから二番目に使ったの？」とか、「どうしてお姉ちゃんの名前は珠にしたの？」とか。私は親にそういう問いはしたことがなかった。すでに姉と兄がいましたし、自分は自分で与えられた場所で生きていくことに対して何も疑問を持ちませんでした。生まれ落ちたときにはすでに家族という集団があって、自動的にその集団の一員になった現実を受け入れるだけでした。

乙武　三浦さんのきょうだいは、一番上が四歳年上のお兄さんで、二番目が三歳上のお姉さん。さらに六歳下に弟さんと、九歳下の妹さんですね。一番上と一番下では、年齢が十三歳違うんですよね。

三浦　そうです。この間は兄と妹と二人分の誕生日パーティーをしましたよ。

乙武　五人きょうだいの真ん中であることが、自分の人間形成に影響を及ぼしていると思いますか？

三浦　そう思います。きょうだいだけでなくて、住んだ家の影響も大きいと思います。私が生まれたのは神奈川県の茅ヶ崎《ちがさき》。広い庭のついたちいさな借家に暮らしていました。平屋で玄関を入ってすぐにトイレと洗面所があって、そのまま進むと納戸《なんど》と父の部屋がある。そこから、すぐにダイニング、キッチン、その奥のどん詰まりが八畳の和室で、申し訳程度の濡れ縁があった。そこに五人家族で住んでいました。みんな畳の部屋でぬいぐるみを出してゴロゴロ遊んだり、あとは外の庭で泥団子を作ったり、ゴザを敷いておままごとしたり。庭にゴザを敷いてちゃぶ台を出してご飯を食べることもありました。ゴチャッとした家の中で、上から下までまだ四歳しか離れていない子供三人が生活してると、まず上はかわいがってくれるし、弟が生まれた時には自分が喜んで面倒をみるわけです。きょうだいとの関係はとにかく濃密だったし、遊び友達でもありました。

でもそういう四人が濃厚につながっていた状況が、小学校低学年のときに平塚に引っ越して変わります。今度は二階建ての木造住宅で広くなり、別々の個室で過ごすようになりました。姉と私は同じ部屋でしたけれどね。でも私は相変わらず昔みたいに、弟と、その下に生まれた妹とリビングや畳の部屋で遊んでいました。私がみんなをつないでいた時期も長かったように思います。

乙武　上が二人いる妹でありながら、下二人がいるお姉さんでもある。自分の人格形成としては、姉という要素が色濃く出ていますか?

三浦　そうだと思います。下から見れば姉は二人いるけれど、私だけ、お姉ちゃんと呼ばせていた時期がありました。いわゆる長女っぽい姉じゃないですけどね。わりと温和しいほうでした（笑）。長男長女はどちらかというと権利を奪い合うものです。でも私は真ん中で、そういうタイプじゃなかった。だから、ライバル意識をもったことはあまりないですね。きょうだい喧嘩を見て、むしろ私はいい子でいようと思ったくらいかな。

乙武　反抗期はありました？

三浦　明確な反抗期はなかったですね。どんどん理屈っぽくなっていきましたけれど。高校の頃は門限までに家に帰らなかったことはありましたが、中学までの私は目立って反抗したことはありません。

乙武　反抗したいと考えたこともなかったのですか？　それとも両親が大変だから、私は抑えておこうと？

三浦　そうねえ、自然にかな。みんながケーキを選ぶときも「私は残り物でいいよ」と思うタイプ。私はわりと譲る性格なんですよ。

乙武　へえー……。

三浦　今だって、夫にそう言われることがある。家庭やプライベートでは、そういう部分が出るんだと思います。

自由を奪われたくない。文化を押し付けられたくない

乙武　「ケーキを選ぶときに譲る」と話している三浦さんと、小池さんや野田さんなど女性政治家の話をしているときの三浦さんの顔がまるで別人なので、ちょっと驚きました。ケーキの話をしているときは、おとなしくて、あまり自分の意見を言わない子の顔に見えました。

三浦　うん、素《す》はそうなんでしょうね。家族や友人は、そういう私をよくわかっていると思います。付き合った人とかもね。以前、知り合いから「君は（自分を）出さないねえ」と言われたことがあります。「普段はテキパキ言って、すごい上から来るのに、実は自分を出さない」んだそうです。その後、付き合いが深くなっていくとそう言わなくなった（笑）。

乙武　自分を出さないほうが、楽だから？

三浦　楽とか楽じゃないとかではなく、それが私の素なんです。我慢して出していないわけではなくて、人とそもそも距離を取っているということ。そして、周りの人が喜んでくれて幸せにしているのを見るのが好き。私が家に引きこもっていたとしたら、家事と子育てをしてお菓子や料理をせっせと作ったりしていたかもしれません。時間があれば小説

を読んだり、日記を書いたり。専業主婦として生きていたのだと思います。でも私の夫はそういう妻になることを許さなかった。

乙武　パートナーは、三浦さんに外で働くことを求めた。

三浦　彼は「働かざる者食うべからず」という考えの人です。アメリカ人だった彼の母も亡くなる直前まで英語を教えていたし、その姉に当たる四人の伯母たちもそれぞれ、公認会計士や看護師や経営者などをして、子供を育てながら働いてきた。そういう一族だったということですね。専業主婦の仕事をバカにしているということではありません。私たち夫婦は結婚してから八年の間、子供はいませんでした。だから、彼は「働かないのはありえない。才能に応じた働きをしなさい」と常々言っていたんです。

乙武　たとえば自分の妻が、政治家に向いている才がある、ということであれば、ご主人は三浦さんが政治家になってもよかったのでしょうか？

三浦　それはそれでよかったんだろうと思います。もちろん彼にとって制約になるかもしれないですが。彼は私がやる仕事について、アドバイザーの観点から反対することはあっても、夫の立場から反対することはほぼありません。仕事や会食が続いてしまって、毎晩深夜に帰宅していたら、「（娘が）寂しがってたんだから、優先順位をつけて」と言われたことはあるけれど、ほんとそれくらい。

乙武 その「ついつい譲ってしまう性格」が三浦さんの素の性格だとして、それによって損な役回りになっているとか、その性格を変えなければと思ったことはありますか？

三浦 ううん、思ったことはありません。私が人に何かを譲るのは自然なことだから。ただしそうやった結果として、踏みつけにされたり自由を奪われたり、文化を押し付けられたり、無駄な制約を課せられたりするのは嫌です。

乙武 なるほど……。今までの人生で一番踏みつけにされたり、文化や考え方を押し付けられたりしたのは、いつ頃でしたか？ やはり中学校時代？

三浦 そうですね。

乙武 そもそも、なぜ陸上部に入ったんですか？ 三浦さんに、いわゆる〝体育会系〟の部活はあまりなじまないようにも思うのですが。

三浦 姉がそうだったからです。

乙武 お姉さんは三歳上だから、入れ替わりで入部だったんですね。

三浦 お姉ちゃんの後なら先輩が面倒を見てくれて安心じゃないか、と母も言っていました。初めはブラスバンド部に見学に行ったんです。ちいさい頃からピアノを弾いていましたしね。小学校では手芸クラブに入っていたので、体育会系はあまりやらなかった。軟式テニスも一時期やっていたけど下手だったし、目が悪くて反射神経も弱くて。結局、そうした短距離の才能がなくてもできる長距離をやって、それは向いていたかもしれない。あのひたすら耐えて頑張る経験、運動する経験は私にとっては良かったと思いますね。もし、時計を巻き戻すことができたら、陸上部には入らないかもしれないけど。

乙武　なぜお母様は、そんな娘を陸上部に入らせたかったんだろう。

三浦　私が本の虫だったから、運動させたかったのかもしれません。

私は「変な子」だったのか

乙武　先ほど、陸上部でのいじめの話がありましたけれど、いじめは部活だけでしたか？

三浦　いえ、クラスでも仲間外れにされたりすることはありました。

乙武　何かきっかけなどはあったのですか？

三浦　中学校のクラスには、その後進学した高校とは違って、いろいろな子がいました。生活がきつい家庭の子、親がネグレクトして身なりがきちんとしていない子もいました。

多様な子たちと一緒に過ごす経験は決して悪いことではありません。ただ、その子たちがいじめられないというわけではない。私も違った意味で「変な子」だったと思いますよ。それだけでなく、私に積極的な嫌悪感を持った人もいたように思います。でも、こっちからすると嫌われる理由はわからなかった。そもそも接点がなくて。

よく、私と妹は歩き方や話し方とか、雰囲気が似ていると言われますが、育ってきた環境なのかもしれないけれど、私も妹もちょっと人と距離があってぬらぬらしているのかもしれない。そこが子供時代の「変な子」のイメージとつながっているのかもしれません。

乙武　それは、ちいさいときに、ジャンパーをパッと腰に巻いたのを見て、おばあ様が感じた〝危うさ〟とはまた違うもの？

三浦　うーん。それとは違います。作法とか、他者と距離を取るしつけですかね。カルチャーってあるじゃないですか。結婚前に夫の実家にご挨拶に行ったときに、夫が親の前であぐらをかいたり、食事中に夫が席を立ってソファに寝そべり出したり、Tシャツと短パンみたいな服装でいることに驚いてしまった。すごい、どうしよう、と思いました（笑）。

乙武　逆にご主人も濱村家（三浦氏の旧姓）に来た時に「ちゃんとしすぎてる。すごい家に来ちゃったな」と思ったかもしれないですね。

三浦　「くつろげないなあ」とは思ったかもしれませんね。

乙武　だから惹かれ合った部分も？

三浦　ええ？　そこはそうは思わないですね。

乙武　ちいさい時にジャンパーを腰にパッと巻いたのが、三浦さんの「先天的」な部分だとすると、先ほどおっしゃっていた、ぬらぬらしているという部分は「後天的」な育ち方で身についたものということでしょうか。

三浦　どうなんでしょう。確かにそれが組み合わさると、すごく「おんなおんな」していることになってしまいますね。高校の体育祭で、三年生の似顔絵を描いて紹介文を作る企画があったんです。絵のうまい同級生が私の顔を描いたんですが、いつもの癖でちょっと首が傾いている顔。横に、数学の「cosθ（コサイン・シータ）の傾き」、とか説明文がついていて（笑）。「θ」を通じて微妙な首の角度だと言いたかったみたい。確かに、私はいつも必ず右に首が曲がってしまうんです。首の湾曲が足りないいわゆるストレートネックなのでね。そういうちいさなところが、ひとつひとつからかいや非難の対象になるところがありますよね、狭い社会って。みんなおんなじでないと、胡散臭《うさん》かったのかもしれない。

乙武　いじめられている時って、「媚びないしヘラヘラできない私なので、そりゃいじめられるよな」と頭では受け入れていたんですか。それとも、まったく解《げ》せない、いじめられる理由なんてないと思っていたのか。

三浦　うーん、そういう思考方法はしなかったけれど、荒っぽい彼らを見て、「何を考えて人にこういうことをするんだろう」とは思っていました。「なぜ私は彼らの機嫌を取り結ぶことができないのかな」とはちょっと冷静に考えていました。

それは私の考えすぎで、彼らはシンプルに自分の気持ちに従って生きていただけなんでしょうね。私は素直な子ではなかったので、そういうことができなかった。

乙武　周りから見てぬらぬらとしていて周囲とはあきらかに雰囲気が違う三浦さんが、いきなり「ちょっと運動させたい」というお母様の意向で体育会系に放りこまれてしまった。もしブラバンに入っていたら、いじめられなかったかもと、お母様を恨めしく思ったりはしなかったのですか。

三浦　それはどうでしょうか。ブラバンって同質的な女社会ですよ。どちらにしても、私へのいじめはあったと思います。男の子がいない分、もっと陰湿ないじめだったかもしれない。

乙武　陸上部の男子は、見て見ぬふり？

三浦　まあ、ほとんどそうでしたね。ただし、私と一緒に練習することを断りはしなかった。だから私は男子と一緒に練習をやったりしていました。顧問の先生も、彼なりに対応に悩んでいたのでしょう。彼の声がけではじまった練習日誌を私は欠かさずつけていて、周りはみんなすぐに止めてしまうけれど、私はいつも練習の内容や反省点などをびっしり書いていた。その時にいじめられたことも書きました。彼もそういう私を扱いかねて、直接対決させたほうがいいと考えたんでしょうね。

今となっては、誰もあの頃のことをなんとも思ってないと思いますよ。私にとっては大きな意味をもった出来事だったけど、みんなにとってはそうじゃない。私は私の道を生きてきたのだからそれでよいのだと思います。

高校時代から、モテはじめた

乙武　高校時代の話に入っていこうと思います。

三浦　少し前に、高校の同窓会での講演を頼まれて、行って来たんですよ。行けば藤沢を自分の故郷として感じるだろうか？　と思って出かけてみましたが、駅前のビルに行くだけではそういう感情は出てこなかった。「仲間」という安心感はあってみなさん温かかったけれど。でも、その後に母校を訪問してみると、押し寄せてくるものがありました。

乙武 高校は神奈川県立湘南高校ですよね。石原慎太郎なども輩出した神奈川県屈指の名門校。中学時代と比べて人間関係に変化はありましたか？

三浦 ええ、まあそうですね（笑）。湘南高校は藤沢本町にあるので、住んでいた平塚からバスと電車を乗り継いで一時間十分くらいかけて通うようになりました。環境がずいぶん変わって、いじめはなくなった。でもそれとは別の目立ち方になってきたように感じます。

乙武 どんなふうに？

三浦 相変わらず変な子だけど、「かわいい」といわれる目立ち方になった。

乙武 一八〇度変わりましたね（笑）。

三浦 湘南高校は県下でも勉強ができる子たちが集まって来ますからね。本の虫だからといってそこまで目立たないで済む。人間関係をほぼリセットしたからいじめの経緯を引きずらずに済んだし、周りも少し成長します。だから「かわいい」と思ってもらえたのかもしれない。

乙武 中学時代と、ビジュアル面で変化もあったんですか？

三浦　お小遣いが少しだけ増えたので、髪に気を遣ったり、時々お化粧なんかもしていたし、メガネを授業中以外は外しているようになりました。

乙武　湘南高校は制服でしたっけ？

三浦　中学校の制服は指定のセーラー服だったけど、高校では決まりが緩くて標準服のブレザーを買ってもらって着ていました。私服も時に自分で買うようになって、兄は渋谷にショッピングに連れて行ってくれたりしました。そういうファッションとかインテリアが好きな人で、妹と出かけるのを嫌がらなかった。

乙武　高校で見た目が垢抜け、周囲からの扱いも変わった。

三浦　だいぶ変わりました。でも、変わらないところは変わらない。内向的で、ひとりでいろんなことを決めて生きていた。うちにいるのも好きだったし、まだこの頃までは自分で服を作ったりしていました。

乙武　服はいつごろから作っていたんですか？

三浦　ミシンを使えるようになってからだから、中学に入ったころですね。ほとんど妹の服を作っていました。可愛いデザインパターンを本で探して。あの頃は暇だったから、娘に作ってあげたものの量より妹に作ったものの方が多いかもしれない。可愛いものを着せたかった。

乙武 それは、さっき話していた支配欲とは違う？

三浦 自分がやりたかったことですね。言ってしまうとお人形さんごっこみたいなものです。少女趣味なかんじのね。

乙武 自分の服は、どのようなものを作っていたんですか？

三浦 プリーツの入ったワンピースとかですね。当時扱えた型紙はバリエーションも少ないですし。

乙武 じゃあ、そういう服を土日に着ていたんですね？ やっぱり気分良かった？

三浦 そんなに上手なわけではないですが手仕事が好きだったから、自分で作ったものは満足感がありますよね。雛人形とかも和紙で作ったりして。変？

乙武 変じゃないですよ。共感はできないけれど（笑）。

三浦 乙武さんはそういう彼女とかはいなかったの？

乙武 一人もいないかな……。あ！ 一人だけいました！ 私、長ズボンを買っても膝のところで切って袋状に縫っちゃうんです。だから結構、余り生地が出るんです。その余った生地で、ちゃっちゃっとポシェットとか作ってしまうような人はいました。

三浦　十分手作りですよ。

男は卑怯なのか、臆病なのか

乙武　高校に入って、モテるようになると、男性の見方とかは変わったりしました？　男って馬鹿だな、と感じたり？

三浦　そうは思わなかった。男の子は、高校になってからは、より卑怯でない方向に進歩したんだなとは思いました。小学校の高学年ぐらいから、男子は私と仲良くするとからかわれるから、避けるようになったんです。仲良かった子もね。それにはすごく傷つきました。それからいじめられているときも、見て見ぬふりをされたこととか。

また、現実にもあるし、映画にも描かれるテーマだけど、女性に対する暴行に必ずしも賛成していなくとも、そのシーンを目撃している人がただそれを見ているだけということがある。一人の少年という立場からすると抗うことが難しい状況の中で、ただ見ていることしかできない。仕方のないことかもしれないけれど、私は男の子の卑怯さはそういうものだと思っていました。私は、二十歳過ぎまで自分が叫んでいる夢を良くみましたね。自我と尊厳を踏みにじられた人間にできることは、叫ぶことでしかなかったりする。でも実生活では、私は十分にそういう発散をしないから、夢に見るんでしょう。

乙武　最も卑怯な時期は、中学生ぐらいでしょうか。

三浦　男性が一番シャイなのは中学生の頃ですね。高校に入ると積極的になる。ちょうど大学に入った頃に、中学の陸上部の同窓会に行ったことがあります。

乙武　よくそんな会に行く気になりましたね。

三浦　木工教室でただ一人、「私は言うことはなにもない」と言ってくれた子がいるんです。その子は高校まで一緒でした。私は、記憶にある関係に引きずり込まれることを懸念しながら、覚悟を決めて過去と向き合おうと思って出かけました。でも行ってみたら、もうあの頃の私への目線は違うものに変わっていた。ファッションとか、髪とか、そんなことが話題になって。

乙武　男子も女子も？

三浦　そう。人って面白いなあ、と思いました。

乙武　それも卑怯のうちに入るものなのでしょうか？

三浦　まあ、そこまでは深く考えてないでしょう。人が変わるのはいいことですから。

乙武　高校時代は、いわゆる〝男女交際〟もあった？

三浦　うん。

乙武　男子と付き合うのは初めてですよね？　楽しかったですか？

三浦　まあまあ……。「まあまあ」ってひどい感想ですね（笑）。当時としては、いろいろ楽しかったですね。

乙武　友人との関わりでは、高校生になってもあんまり心を開かない印象を持ちましたが、異性との関係では心を開きましたか？

三浦　自分の話を積極的にする関係性じゃなかったかもしれません。私は普段無口なんです。今でもプライベートではわりと無口ですよ。これは想像だけど、付き合った人は、最後まで私のことを何なのかわからなかった人もいるでしょうね。

乙武　かわいい女の子を隣において、「俺、この子と付き合ってるぜ」という状態を楽しんでいるだけだったということですか？

三浦　それよりは、もうちょっとこちらが母親的な感じだったかもしれない。問わず語りの彼氏の話にコメントを言ったり励ましたり。ただ、付き合いの基本は男子の主導で話が進んでいきました。「どうしたいの？」とか「どこいこうか？」とかも、全部男の子が決めていた。

乙武　それは三浦さんに欲求がなかったから？　それとも男性の顔を立ててあげたほうがいいかなという発想からなのか。

三浦　素だったからですね。相手が喜んでくれる方がいいな、という感覚です。付き合った男の子は、数多くはいなかったけれど、みんな自信家でした。

乙武　高校生の頃から冷静に見ていたんですね……。高校時代を通して印象的な思い出、甘酸っぱい記憶とか、苦しかった記憶ってありました？

三浦　うーん。ないことはないけれど。むしろ自分というものを見つめつづけていたから、相手とどうこうしたという印象は薄いのかもしれない。

乙武　中学がしんどかった分、高校になってモテて、もうちょっと色濃い青春の思い出が刻まれていたりするかな、と思ったのですが。

三浦　私、ホームルームと一時間目ぐらいはサボっていたんです。延々と家で母とお茶をしていて、いつも遅刻していた。なかなか家を出たくなくて。でも「早く学校に行きなさい」と急かされて仕方なく家を出て、バス停に行って、一時間十分かけて学校に行っていました。三時間目、四時間目に出て授業を頑張って、昼になると学校からいなくなりたくなった。藤沢駅近くの湘南クリスタルホテルのデザートバイキングに仲良しの友達と行ったりしたのは楽しかったけれど、それを色鮮やかに覚えているわけではありません。だから思い出のようなものはなにもない。あの頃は悩みだけがあって、あとはボーッとしてたんですね。

第2章　私は結婚に夢をみない——三浦瑠麗

古文、漢文、数学が得意だった

乙武 三浦さんは特に好きだった科目はありましたか？　小中高問わず、印象に残っている授業だったり、内容で覚えていることはありますか。

三浦 好きな科目は、古文、漢文、その次ぐらいに数学です。数学は論理とパズル的なものが好きでした。高校の最初の担任が数学の先生でしたね。いい方でした。逆に体育は科目として合わなかった。古文の先生は、私が欠席しすぎていると、「もう一回出席しないと留年だぞ」とか言ってくれる人でした。授業の途中に遅刻して教室に入っていくと、ちらっと見るだけなんですけれどね。優しかった。

乙武 けっこう授業をサボっていたんですね。

三浦 普通、そういう生徒にはもうちょっと何か言いますよね。でも、多くの先生はなにも言わなかった。それは匙を投げているわけではないんです。私はテストの点は良かったけれど、集団生活には向かなかった。「この子を椅子に座らせておくのは無理だ」と思っていたんじゃないかな。縛らないでくれたから、やっていけたのかもしれない。

乙武 県立湘南高校は県内随一の進学校ですが、三浦さんのように遅刻したり、あまり学校に来なかったとしても成績がいい、というのはひがみの対象になりませんでしたか？

三浦　全然そんなことはないですよ。私が通っていた頃の湘南高校は、今とは違って学区制でした。私は学区外からの生徒でしたが、学区外は全体の八パーセントしか入学が認められないので競争が激しい。だから、出身中学からは二人しか来なくて知り合いは少なかったけれど。ちなみに、いまは県下で平等な競争です。そのためにかつてとは違って女子の割合が少ないようです。女子の親はあまり遠距離通学させないんでしょうね、きっと。当時は、周りに派手な子もいて、制服は標準服としてブレザーが指定されているだけだから、近くの女子高のかわいい制服を買って着てくる子もいました。金髪でパーマをかけている子たちもいましたし、授業にあまり出ないグループもいました。

乙武　中学と違って、部活の人たちとは、仲が良かった？

三浦　そうですね。陸上部の子たちは、わりとまじめな子が多かった。プロフェッショナルな職人肌の人が多くて、いまは弁護士とか、建築家になったり、グラフィック・デザイナーになったりしています。「勉強ができる」ことで仲間はずれにされることはなかったし、不良でもなかった。ほんのたまに会うだけですが、彼らとの関わりはとぎれてはいないですよ。

乙武　高校の時に、中学一年の時に入りたかったブラスバンド部に入ろうとは思わなかったんですか?

三浦　いえいえ、入る気はありませんでした。だってその頃までには「女の園」は自分には無理だなとわかっていましたからね。

乙武　湘南高校は、あまり文系と理系をはっきり分けないと聞いたことがあります。

三浦　あまりありませんでしたね。私は三年のときに世界史を勉強する理系のクラスにいたんです。物理、化学、数Ⅲ、数Cをやり、世界史の授業も最後まであるようなクラスです。

乙武　受験する学部を、決めたのはいつごろ?

三浦　たぶん高校三年生のクラス分けの時だったと思います。

乙武　そのときは理系に進もうと思っていたんですよね。親から「現役で国立に行って」と言われていたとか。

三浦　私にとっては、文系より理系の方が受験勉強が楽だったことが選択した大きな理由です。文系科目の暗記はこのペースだと追いつかないだろうと。東大の入学試験は、文系の世界史や日本史の点数でかなり差がつきます。理系の場合は数学が一番難しく、しかもあまりに難しいので、逆にあまり大きく差がつかないんです。物理化学でいえば、私は化学の暗記が苦手でした。理系に行く人は現代文も古文も苦手な人が割と多いけど、私は好きだった。国語と英語が得意な人間からすれば、理系が一番楽、ということでした。

乙武　なんだかうらやましいですね。私は逆に、暗記だけが得意でした。

三浦　むしろそれはこっちがうらやましいですよ。私はすぐに忘れてしまうんです。

乙武　当時は暗記の強い子もある程度は重宝がられましたけど、今は「グーグル先生」（ネット上の検索）が何でも教えてくれる時代ですから、暗記にはほとんど意味がありません。最近の優秀な学生たちと話すと、彼らは暗記が苦手だし、そもそも勉強で暗記をやってきてない。でも、課題を発見し解決する力は、私たちの時代の優秀といわれた人間よりも格段にあるんです。私からするとその力が本当にうらやましい。

三浦　乙武さんは、コミュニケーション能力が優れているから、一人で考えるような時間は最初から必要がなかっただけじゃないですか？　みんなで話し合って問題解決にたどり着こう、というように。乙武さんは、孤独ではなかったですよね。

乙武　はい。

三浦　私みたいに孤独だと、みんなと同じことはやらない、というかやれないんです。だから結果的に何かに凝ったり、別な方向に流れるんじゃないですかね。人との違いというのは、たぶん初めはそれほど大きなものじゃない。でも、だんだん隔たりが開いていく。そんななかで、私の場合はぽつんと一人で考えることをやってきました。普通に集団に溶け込めるのならば、世の中の「松竹梅」の「松」を目指すことができます。男の子だったらサッカー部のキャプテンとか、女の子だったらブラバンのリーダーといったものが、私たちの子供時代のスターでしたよね。そういうものを目指すことができ、孤立せずにいたら、私には今より平穏な人生が訪れたのかもしれないなと思います。でも、それだとかえって平板だったかもしれないから、むしろ今みたいな人生でよかったと思うんです。

乙武　人それぞれですから、どっちがいいか悪いかは別にして、それはわかります。

小説家になりたかった

乙武　ちなみに高校時代に自分の進路、大学より先の進路って描いていたことはありますか。そのころは、まだ国際政治学とは出会っていなかったですよね。

三浦　一瞬、外交官という職業について考えたことはあります。本気で考えていたわけではありませんが。小学五、六年生のころの文集には「小説家になりたい」と書いていました。それ以降、自分に小説を書けないことはわかっていたのに、その夢をしばらくは諦めなかった。

乙武　今もですか？

三浦　今はさすがに諦めてますよ。私は小説やエッセイを読むのが好きだった。ものを食べるように読む、と母親に言われました。高校のころは、特に女流作家を読みました。幸田文さん、有吉佐和子さん、高校生活の後半になってから須賀敦子さんの作品に出会いました。『コルシア書店の仲間たち』とか『ミラノ 霧の風景』とか、エッセイ集が多くありますよね。彼女は二十代後半から三十代にかけてイタリアで生活し、バリバリの運動家のイタリア人と結婚しています。政治的なテーマも時折入ってくるような随想が、好きだった。須賀敦子さんの作品に出会って、そういうエッセイを書いてみたいと思ったりしましたね。

乙武　図書館に通ったりしていた？

三浦　図書館に行っていたのはたぶん中学ぐらいまでです。父の運転する車で行って、私が弟や妹のために本を選んでやったりしていましたね。父が祖母に学生時代に買ってもらって家にあった『世界文学全集』（河出書房）や、太宰や三島の作品を読みました。湘南高校の図書室はとても充実していましたから、よくそこに入り浸っていましたね。大学生になってからは、より書店で本を買うようになりました。

乙武　女流作家の作品を好んで読むようになったのは、どんな心の動きですか？

三浦　学校では思春期のころにヘルマン・ヘッセとかを読ませますよね。確かにヘッセは悩み多き人だから、思春期にはいいのかもしれないけれど、なんとなく女の子にしっくりくる作家ではないように思います。ぜんぶがぜんぶではありませんが、「なんでこんなにしっくりこないんだろう」と思っていたら、書き手が男性だったということが何度もありました。みなさん、女をわかっていないなあと思っていました。川端作品に出てくる女性とかね。

幸田文を繰り返し読んだ

乙武　何度も読み返したものとか、この作品のこういう内容が私に影響を与えた、という一冊はありますか？

三浦　ごくちいさい頃から何回も読んだのは、幸田文の『きもの』です。明治から大正と、戦争へと傾斜していく時代の一家庭が舞台の小説ですが、着物をめぐる女の執念が描かれています。主人公は、兄と三人姉妹の末っ子で、「るつ子」というんです。名前が近い響きだったこともあって、当時の自己イメージを彼女に投影して読んでいました。るつ子はあまり器量良しの娘ではないのですが、幸田さんご自身もなんというか、佇まいに風情がある方ですが、いわゆる一般的な美人じゃありませんよね。蝶よ花よと甘やかされるのではなく、親戚の中でも地味に気働きをして、法事などがあったら、みんなの目につかない台所とか、一番いそがしいところで働く。そんな自己イメージを私も持っていたんです。

乙武　へえ……。

三浦　お正月や行事のときって、みんな一番派手な飾り付けをやりたがるじゃないですか。おせち料理でも栗きんとんを作るのに、最後は栗と水飴を入れて練って盛り、みんなの前に出すのが一番楽だけど、最初は蒸かした芋をひたすら裏ごしするわけです。最近は金網ですけど、昔は馬毛でできた濾し器を使っていた。どれだけやっても、成果物がなかなかできあがらない。本当に地味な作業です。そういう作業は面倒くさいなと思いながらも進んでやる方だった。チョコレートケーキの飾りのためにひたすら板チョコを削る役目だとか。だから割りを食った女の子の物語に惹かれたのかもしれない。分かります？

乙武　対談する前だったら意外に思ったかも。でも、少女時代から順を追って聞いているので、なるほどと思えます。で、その物語のるつ子はどうなるんですか？　割りを食いながらも自分なりの幸せを見出していく？

三浦　そうなんです。でも当時の私にとっては、本の最後は受け入れがたいものでした。三人姉妹のうち、長女は権高《けんだか》な美人で、豊かな時期にたくさんの振袖を作ってもらい、いろいろお召し替えをしながら一番いい相手と見合いして結婚していく。次女も家に余裕があるうちに実利主義でいい身の振り方をする。一方、るつ子は関東大震災で被災して家計が一番厳しくなったあとに、るつ子の能力に見合わない、どうってことのない人に惚れてしまい、結婚するんです。るつ子は祖母の教えで身仕舞がしっかりしていて、結婚式のときに疋田《ひった》柄の着物を見事に着こなす。疋田って本来は高価な、手絞りの生地のことをいうんですが、彼女の着物の生地は父親に負担をかけないように安価な、つくりものを選んだ。それをとてもよく見せて、彼女に一番合うお化粧をして、お嫁さんになっていく。ただし、その後の苦労が暗示されている書き方なんです。

乙武　結婚に希望を持つことが、難しくなっていく？

三浦　結婚後の苦労は、経済的なものだけでなく、男女の間の無理解からも生じるのでしょうね。そこらへんは当時の私にはわからなかった。でも、女の文学はみな苦労のなかでの哀歓が話の重しです。だから、私は結婚に対してあまり夢が持てなかった。あの時代の女性はみんな、とてつもない苦労をしたんじゃないですかね。私は母方の祖父のことが大好きだったけど、やっぱり働きづめだったのは祖母の方だった。

祖父は、慶応大学でラグビー部のキャプテンをしていたんです。早慶戦の試合中、早稲田大学の選手にスパイクで腹を蹴られて、盲腸が破裂した。その後遺症などもあって出征しなかったといいます。当然、他のラグビー部員たちはみんな戦争に行って、戦地から戻ってくる。戻ってくると祖父を頼って家によく集っていたと祖母が言っていました。もちろん終戦直後の話ですから、お米はろくにない。そういうときにでも彼は、出征しなかった罪悪感もあるし、気前がいい人だったから、大盤振る舞いをしたんだそうです。祖母が言うには、自分の着物や家財を売って金策をして、ラグビー仲間たちに食べさせていたと。呉服屋をやって潰したこともあったし、株をやって失敗したこともあり、借金は祖母が一生懸命働いて返したんだそうです。

乙武　大変なご苦労をされたのですね。

三浦　祖母は、最後は給食会社を経営し、頑張って働いて子供二人を育てました。だから私の母は、忙しい女社長の子供だったわけです。鍵っ子は夕方寂しい思いをしますよね。

彼女は子供のころ猫を飼ってかわいがっていたとか。名前は、そのまんま猫ちゃん（笑）。母は専業主婦となり、毎日工夫して温かい食事を作って、おさんどんに追われながら五人を育てました。公務員の給料で子供を五人育てるって、結構大変だったろうと思います。

結婚に全てを託さない

乙武 女性としての人生、これから前途多難だなと心配になりませんでしたか？

三浦 そう思いますよね。付き合いながらも、自分の幸せをひとりの相手に賭けるということはできないんじゃないかなと思っていました。私は、オードリー・ヘップバーン主演の映画「昼下りの情事」が好きでした。要は少しだけひねりのあるシンデレラストーリーです。女性不信を持ちながら情事をくり返すプレイボーイが改心するわけですが。でも、娘にこういった映画を観せるときには葛藤を感じますね。「シンデレラ」の実写版映画を娘は大好きで繰り返し観るんですが、「王子様はいないからね」と釘を刺しているんです。

乙武 ハハハ。

三浦 ハッピーエンド的な世界観を結婚に対して持ちつつも、そうじゃないという気持ちもあって、引き裂かれているような部分があります。

乙武　なぜか男性も女性も、結婚に無限の可能性を感じてしまうところがありますよね。ちょっと考えれば、そんな物語が存在しないことはわかるようなものですが。

三浦　ねえ。うまく結婚を続けている人は、私もそうですが、すべてのものを結婚に託していないと思うの。わが家でいえば、まず互いに大親友であることがすべてです。オフィスもシェアしているし。あと土日はよほどのことがない限り一緒にいることにしています。夫はゴルフにほとんど行かない人だし、私も知り合いのパーティーに行かない。ファミリーとしての時間を一週間のうち二日は作るわけです。それ以外はなるべく拘束しない。夫の携帯を見ようなんて思わない。多分お互いにそう思っている。

乙武　三浦家はそういうルールになっているんですね。

三浦　貞操と忠誠心を求めてお互いに束縛し合っている人たちを見ると、私には理解できない。お互いにすごく息苦しくないかな、と思ってしまいます。恋は終わるんです。だから夫婦であり続けるためには、「それだけではないなにか」を持っていなければならない。

乙武　それだけではない何か。

三浦　わが家で言えば、それは深夜にホットチョコを飲みながら話し込めることであり、子育ての喜びや困難を共有することですね。相手に過大に期待することをやめたとき、はじめて等身大の存在として見えてくるものではないかと思います。

伝統的に、結婚にはいくつかの夢が重ね合わされてきました。一つは経済的な安定。昔の女性はなかなか自活できなかったから、豊かさも安定も夫に期待するしかない。しかも、一昔前までは、きちんとした結婚というのはお見合いを通じて決めなければいけないことになっていた。女性は二十代そこそこで、どの男に賭けるかの決断を迫られてきたわけです。それって結構な重圧ですよね。その重圧があるから、相手の男性に過大な夢を持つんです。まず、この発想をやめること。女性が自活しやすくしたうえで、相手の経済力はあくまでも家計の半分程度の支えでしかないという発想に立つことです。

もう一つは、恋愛に対する考え方です。女の人は大事にされたいし、ずっと自分に関心を持っていて欲しいという気持ちがあるでしょう。付き合い始めや結婚したてはそういう状態かもしれないですが、それはなくなっていく。人間はたいてい努力しなくなりますよね。シンデレラを初めて見たときの男性の表情が、未来永劫ずっと続くわけがないんです。

乙武　なんか、すみません。

三浦　その夢を何で代替していったらいいか。私の場合は、個人主義とファミリー主義的なところの両方があるので、うまくいくのかなと考えているんです。

乙武　男性が結婚する大きな理由の一つとして「結婚していないと社会的信用が得られない」ということがあるように思います。四十代になっても五十代になっても、特に男性はモテようと思えばモテるわけです。特定の相手との恋愛の賞味期限が切れれば「次に行こう」と思えばできなくはない。でも、それをやってしまうと社会的信用が得られないのがわかっている。だから、どこかで結婚という踏み絵を踏むことを選択する。男性が結婚というものに踏み切る要因として、そういう部分もある気がしています。

三浦　そうなの？　子供じゃないの？

乙武　世代による違いもあると思うけど、私の周囲では「子供が欲しいから結婚する」という男性は少ないかなあ。まあ、少数派かもしれないけど。いずれにしても、今現在、三浦さんはよき結婚生活を送っている。十代の頃にはそういうビジョンはまったく描けていなかった？

三浦　私の十代はめちゃめちゃでしたからね。あまりビジョンを描くような心の余裕はなかったけれど、自分がどういう相手だったらうまくいくのかわからなかった。結局は理解者や友達を求めていたのかもしれません。

再生産される世の中の「バイアス」を前に

乙武　ここ数年、大学生たちと私塾をやっているのですが、二十二歳前後の彼らと話していると非常に面白いんです。日々の生活や家族との時間を大切にしながら働くスタイル、さきほどのファミリー至上主義のようなものが、少なくとも私たち世代に比べると浸透してきているのを強く感じます。ただ、ここで興味深いのは、すぐに「結婚したい」と口にするのは男性陣で、女性陣のほうがもう少し冷静に結婚との距離感を保っている。

三浦　あら。理解できなくもないです。ただ、その「結婚したい」の中に、「家路につくころには奥さんが家で待っていて、あたたかいお味噌汁が飲みたい」、「家事をやってもらって楽したい」というのも入っているんじゃないかな。

乙武　そうかもしれませんね。好きな子ができる。その子と深く関わりたい。そうして付き合って、結婚をする。結果として子供ができる。本来はそういうプロセスが存在するはずなのに、彼らはまず「彼女ほしい」「結婚したい」があるんです。彼らを責めるわけではないですけど、どの世代の男性、いや女性も同じかもしれないけど、「結婚」という形から逆算を考える人はとても多いなと感じます。

三浦　男女ともに、ある種、自分なりの理想の家庭を思い描いているということですね。

確かに子育ては素晴らしい体験です。ランプの下、みんなで食卓を囲んで温かいご飯を食べるのも幸せなもの。ただね、結婚にどんな夢を載せるのかというのが大事。両者嚙み合って、お互い要求しすぎないようにすればうまくいくと思うんですが、そうでなくなってしまったときには言いようのない寂しさがこみあげてくると思います。男の子から女の子に求めるものがあまりにステレオタイプで、女の子が提供したいものと嚙み合わなくなってしまうと、すれ違いが起こりますね。私の記憶にある男の子たち、まあかつての少年たちなんで、いまや四十代でしょうが、どちらかと言うと、プライドが高い自分勝手なひとが多かった。なぜなのかな。私にはよく理解できません。でも、彼らの生活ではそれが許されてきたんですよね。

乙武　それは、子育てに原因があるのかもしれないですね。もちろん個人差はあるにせよ、子育てって、基本的には異性の子供に甘くなる傾向があるように思うんです。母親は男の子に甘く、父親は女の子に甘い。私たちの世代までは、子育ては母親だけの仕事とされてきました。だから女の子は母親によって厳しく育てられたけど、男の子は甘く育てられた。

でも、今の時代はわりと男性も育児に参加するようになりましたよね。そうなってくると、父親は同性である息子に厳しくなるし、逆に女の子には甘くなる。だとすると、これから大人になるような世代は、比率的には男の中にもまともな子が増えるだろうし、女の子にも甘えた子が増えてくるかもしれないなと。

三浦　その構造が、いまだに再生産されている部分があるということですよね。『WORK DESIGN（ワークデザイン）：行動経済学でジェンダー格差を克服する』（イリス・ボネット著）という本を以前に読んだのですが、この世の中にはいかに「バイアス」が数多く存在するか、という話が書かれています。一九七〇年代のオーケストラは、専門家がオーディションで選ぶと団員が男性ばかりになっていた。ところがカーテンごしに受験者が見えないようにして音を聞き、選抜すると女性が飛躍的に増えたというんです。審査員たちは自分自身はフェアなつもりでも、女性を見た瞬間に能力を割り引いて考えてしまっていたことがわかる好例です。そういう状況が、おそらくあらゆる分野であるんです。

社会規範が女の子の行動を拘束していくという側面もあります。恥ずかしがりになったり、人に譲るような性格になっていく。リーダータイプの女の子も、自分の領分を狭く定義し、男の子と競争しようとする子が少ない。これは今でも家庭や学校、会社など社会のあらゆるところに残っています。

ただ、世代によってだいぶ修正されつつはあります。最近出たガールスカウト日本連盟の『「ジェンダー」に関する女子高校生調査報告書2019』によれば、理系を学ぶこと、進学することは大多数の女子にとって当たり前のことになっており、阻まれた経験もないという回答結果でした。世代によって、経験は大きく変わるのです。どれだけ公平な世の中になってきたかという側面もきちんと分析しておかないと、ですね。

地方と都市の違いにも自覚的でなければなりません。地方になればなるほど、変化はスローペースでしかおきません。旅館に泊まって、家族三人で食事をするときにご飯の入ったお櫃《ひつ》は必ず私の横に置かれる。地方の法事などでは席順もそうだったりしますね。男が先。日頃からそれなりに丁重に扱われていて、田舎に帰ったときに、伝統的な反応に引き戻されるのはとても面白い。夫が現れた瞬間に、その構造に引き込まれるんです。

乙武　とても興味深いです。

三浦　もっと言ってしまうと、女性って、「誰かの妻」であれば平等という変な価値観があったりしませんか。

乙武　それはどういう意味ですか？

三浦　男同士は内でも外でも肩書がついて回るので、関係性はそれによって違うし、平等ではないと思います。ところが、女性は結婚した途端に、自分自身の肩書きも社会的地位もすべて意味を持たない「妻」や「母」になる作用があるんじゃないかと。

保護者会でも、男性にはどこかに社会的序列が残ります。ところが、女性はお母さんになった瞬間にそれが一切剝ぎ取られる。○○ちゃんママになるわけです。それが男女ともにそうならいいんだけど、女性だけそうなるとおかしなことに。夫の社会的立場に遠慮して、私にタスクを押し付けるというようなことが出てくるんですね。いやいや、それは違うだろうと。

乙武 三浦さんは、テレビでも男性優位の社会と戦っている場面が、とても多い印象を受けます。

三浦 うーん。戦っているというより、いまだに呪縛のようなものにまとわりつかれているという感覚でしょうか。私のことを批判する声の大部分は、外見に対する批判や、芸者やホステスになぞらえる揶揄、存在そのものへの苛立ちの表明、裏に私を操る男性がいるのではないかという陰謀論として示されます。まあ、たくさんの人がこういう構造にはまります。意見の中身はほとんど論じられないか、悪意のある切り取り方をする。そうそう、会議や議論の場で、女性の説得力を減ずる物言わぬ攻撃みたいなものもありますね。

乙武　それはどんなものですか？

三浦　じろじろと顔と胸を交互に見つめたり、懐疑的な印象を植え付けるために、女性の発言途中に鼻を鳴らす音や咳払いで割り込んだりする。そうしていると女性はだんだんとナーバスになり、自信を失っていくわけです。そして「……です」と断言していたのが、「……とか思うんですけど」と語尾が曖昧な感じの発言になってしまう。面白いのが、男性に多いとはいえ、女性にもそういうことをする人がたまにいる、ということです。周りの人も、自信のない人の言葉は応援しませんから、すごくダメージがあると思います。

「朝生」と、男性のマウンティング

乙武　お話を伺っていて三浦さんが出演されている「朝まで生テレビ！」を思い出しました。あの番組ではどうですか。

三浦　時折ですが、「朝生」でもそういう事態が起きます。ずっと以前、テレビを見る側だった頃、いまは早稲田大学教授の中林美恵子さんがよくターゲットにされていたと感じました。あの番組の女性の立ち位置は少し考えてみると面白いですよ。そもそもテレビ慣れされている経済評論家の荻原博子さんは別として、出演者として女性が居つかないのは、男性論客に話を遮《さえぎ》られるからではないかと常々思っていました。コメンテーターならば振られた数十秒のあいだに何か言いさえすればいいけれども、討論番組は環境が違いますからね。

去年、新しく女性弁護士がパネリストとして参加したときのことです。彼女のしゃべっている時に、右も左も同じように割り込んで話をしだしたんですね。結局、思想よりも、性別がその場に作用するんだと私は思いました。

乙武 その男性のマウンティング行為というのは、無意識ですか？ それとも意図的？

三浦 まあ人によっては意図的なんでしょうが、中には無意識にやってしまう人もいたんじゃないかな。弱いところに集中するというのが人間の本能なんじゃないかしら。

乙武 でも、三浦さんはそのマウンティングを跳ね返すことができている。それは、なぜなんだろう。

三浦 そうかな。どうしてでしょうかね（笑）。そこは私にもわからない。私がフェアに振る舞おうとしていることに対する一定の評価がいただけていると嬉しいのですが。「朝生」をご覧になっている人からは、実際に会うと思っていたのとまるで雰囲気が違うと言われることが多いですね。話し方かな。もっと冷徹な人間だと思った、と言われるのは、それはそれで孤独なものですけどね。

乙武　ふと思ったのですが、もし司会である田原総一朗さんのポジションが女性だったら、あの番組って成立するんですかね。

三浦　まあ、少なくとも田原さんのような運営方法はしないでしょうね。女性は自分を出すよりも、相手から引き出すための質問をする人が多い。ただ、相手を気持ちよくすることが討論番組の目的じゃない。滔々《とうとう》とまくし立てる人の話を途中で切ることは、アナウンサー出身の人ならできるかもしれません。特殊技術だから。ただ、そうすると進行表に頼るようになる。おそらく会話が噛み合わなくなるでしょうね。

乙武　以前、「朝生」の本番が終わった後、三浦さんが「あなた方は番組の最初と最後で進歩がない」と発言されたことがありました。

三浦　あ、ごめんなさい。つい本音を言っちゃうんです。

乙武　その背景に、娘さんの存在があったりしますか？　まだママにそばにいて欲しい娘さんを、真夜中、家に残してあの番組に出演するわけで、その代替というか、費やした時間に比して得るものが欲しいというか。

三浦　ゼロ歳児だったらそう思っていたかもしれない、というくらいで、ちょっと違いますね。世の中にそう考える女性がたくさんいるのはわかりますが、そこまで私は自分を母親という括りで定義はしていません。今でも娘を置いて、会食に出かけたりしていますから。母だからといって仕事を止めようとは思わない。

乙武 それも先ほどの旅館のお櫃の話と一緒なのかな。男性だって子供がいれば、子供を置いて仕事でも接待でも出かけるわけだけど、それに対するうしろめたさ、「俺は子供を置いて出かけているんだ」という感覚は希薄です。女性にはそういう感覚を持たざるを得ないように社会からの力が働いている。

三浦 そこはバランスですね。男性が育児に関してバランスをとらないのは不思議です。一週間で平日は五日あるわけですから、私だと理想的には二〜三回ぐらい家族一緒に晩御飯を食べたい。でも難しいのもわかります。私の場合は、会食も入るので娘と平日の食事をするのは一、二回になっている。そういった親子のバランスが崩れると子供が甘えるので、午後の仕事を入れずに休みを作って子供とプールに行ったりして時間のバランスをとることもあります。男の人はそういったバランスをとろう、という意識がないか、あるいは許されていない。

乙武 今の若い子は、男の子でもバランスをとろうとしているように感じます。でも、私も含めて四十歳以上の世代はそういうバランスを取る感覚がそもそもない。頭では三浦さんのおっしゃっていることが正解だと思っていてもいろいろな仕組みがそれに追いついてないし、今になって慌てているように感じます。

松本人志さんの茶化し

乙武　三浦さんは「男は卑怯」とおっしゃったけど、男はもともと弱いんですかね。以前、タレントのYOUさんと対談させていただいたときに、「女々しいって言葉あるじゃん。女々しいと表現される性格はむしろ男性の方に当てはまることが多いから、表現変えてほしいよね」と言われてハッとさせられました。

三浦　あ、そのYOUさんの考え、なんとなくわかります。

乙武　この人と喋っていると尊重されているなと感じる男性もいますか？　意識的にしろ、無意識的にしろマウンティングをしてこない男性。

三浦　古市（憲寿）くんはそうかな。乙武さんもそうですよ。会食のときとかも、聞き役的なイメージありますし、田原総一朗さんもマウンティング的なものはまったく感じません。最近の橋下徹さんにもないですね。外交評論家の岡本行夫さんも、ジャーナリストの木村太郎さんもないかな。

乙武　テレビ番組の「ワイドナショー」で共演している松本人志さんはどうですか?

三浦　松本さんとはプライベートで会ったことがないけれど、私の意見をスタジオで聞く時は「そうなんや」とうなずきながら尊重してくれている感じがしますね。

松本さんは元AKB48の指原《さしはら》莉乃さんに対してのセクハラ発言が報じられたことがありましたね。ほら、「ワイドナショー」で乙武さんも出演していた回です。あの日は、NGT48のメンバーが襲われた事件に端を発して、アイドルグループの運営方法をめぐる話になりました。指原さんがリーダーとしてまとめ役を期待されるなかで、彼女が「現状として、えらい人が仕切っても何もできない状況。私が立ったとしても、何もできないと思う」と発言したところ、松本さんが「お得意の身体を使って……」と茶化しました。これが、ネットで大炎上しましたよね。あの発言は指原さんとの関係性を前提に、無意識にしたように思いますけど、松本さんはいじりがそもそもそういうスタイルだということ。指原さんはそれでちょっとペースを崩しちゃった。あんなの、もっとグサッと刺し返してやっても良かったと思いましたけどね。

あのね、女性が真面目に何かものを言おうとしているときに性的な対象物として茶化すと、相手の自信を失わせることに繫がってしまうんです。ライバル同士で、好きでもないのにわざとそうする人もいる。こういうことが社会にはたくさんあるんだ、女性はそんな中で暮らしているんだ、ということに気付けるかどうかは大事だと思います。

昨今のＬＧＢＴ問題にいいたいこと

乙武　マウンティングという観点で言うと、やはり昨今のＬＧＢＴに対する言説で気になるものもあります。

二〇一八年に雑誌『新潮45』に自民党の杉田水脈《みお》議員の書いた「『ＬＧＢＴ』支援の度が過ぎる」という原稿が掲載されました。彼女はその中に「ＬＧＢＴのカップルのために税金を使うことに賛同が得られるものでしょうか。彼ら彼女らは子供を作らない、つまり『生産性』がないのです」と記しました。その記事は大炎上し社会的な議論を巻き起こしました。すると、同誌は翌々月号で「そんなにおかしいか『杉田水脈』論文」という特集を組みます。そこで、文芸評論家の小川榮太郎氏の「政治は『生きづらさ』という主観を救えない」という論文を掲載しました。この小川論文がさらなる物議を醸《かも》し、結局同誌は休刊に追い込まれました。

三浦　乙武さんは、この問題に相当怒っていましたよね。

乙武　そうですね。書き手としては知名度を上げるためと、雑誌としては売上のため、両者の思惑が一体となって、ああした事態が引き起こされたわけです。ただ、『新潮45』は、日本において一定の評価を受けてきた雑誌ですよね。そういう媒体で、特定の人々を否定し、何かを脇に追いやるような議論を展開するわけですから、その対象への学びをきちんとしないといけない。にもかかわらず、そうした学びが無視されたまま対象を語ることへの無責任さに呆れかえったんです。自分の人気取りという欲が先行し、その結果、誰かが傷つけられることになるという想像力が働いていないのか、あるいは働いた上で自分の欲を押し通したのか、私にはわかりませんが。

三浦　『新潮45』は確信犯として、押し通したんじゃないですかね。

乙武　女性蔑視にしても、LGBTに関しても、「自分がのし上がるためには特定の人々を傷つけても構わない」という考え方が通底しているように思うんですよね。それがマウンティングという行為として表出してくる。

杉田論文の中で最も炎上したのは「『生産性』がない」という言葉でしたが、じつは私自身が最も共感できない、憤りを感じていたのは最後の文章なんです。「『常識』や『普通であること』を見失っていく社会は『秩序』がなくなり、いずれ崩壊していくことにもなりかねません。私は日本をそうした社会にしたくありません」

ＬＧＢＴに関してだけでなく、他の発言などを聞いていても、彼女の考えはここに尽きるのだと思います。「普通でない人間が増えれば、社会の秩序が失われ、いずれ崩壊していく」という言葉は一見すると正論のように思われますが、障害者やＬＧＢＴのようにみずから望んだわけでもなく「普通ではない」境遇の人々がいるわけです。政治家という立場にある身なら、そうした少数派の肩身をいま以上に狭くするような言説を撒き散らすのではなく、あらゆる境遇の人々が生きやすい社会になる方策を考えてほしいなと思うんですよね。

三浦　彼女は「生産性」のところは、本来「再生産」（＝子供を産むこと）の意味で間違って書いたんだと思いますね。結婚制度とは、乱暴に言うと国家が存続するために、子供を産み育てようとする男女の結びつきに経済的保護を与えるシステムです。昔は、女性が自分で稼げない構造に置かれていたので、女性や子供を扶養する義務を男性が放棄できないように縛る仕組みでもあった。もちろん結婚したカップル全員が子供を産むわけではありません。ですが、あくまでも結婚という制度がある以上は、それを重んじる結果として国家による経済的な保護が受けられる。恋愛感情だけならば事実婚でもいいわけです。
他方で、同じような経済的保護を「同性」を好きになる人だけが得られないのは間違っている、という考え方もあります。米国をはじめいくつかの国ではこうした考え方に基づき同性婚を認め、同じような保護を与えるようになってきていますね。
杉田議員が同性婚に反対するのは自由です。ならば、結婚制度を維持することの意味を彼女なりに言語化し、文章にするべきでした。そして、何が普通で何が普通じゃないかなどという言説や、差別を助長するような認識の間違いが含まれないように気を付けるべきだった。わが家でもこの問題が騒動になったときに議論しました。私は国家の経済的な保護は必要ないし、こういった文章に対して反発する意味で「籍抜こうかな」なんて話をしていたぐらいです。

乙武　何もそこまで。でも三浦さんらしい。

三浦　杉田氏やそれを擁護した小川氏に限らず「性は個人の趣味に留めておいて国家を論ずる場に持ち出すな」というのは、ある層から支持を得られる一貫した主張ではあるんです。それに対してどう反論するかといえば、「子供のいない夫婦も含めて国家の保護を受けている。それなのに、なんで同性愛者だと、結婚という制度をリスペクトしたい人も国家の保護が受けられないのか。不平等ではないか」と返せばいいんです。

乙武　おっしゃる通りです。そういえば、古市さんが「LGBTの結婚を認めるならペット婚や機械婚を認めるのか」という主張に対して、「機械と結婚できる社会か。面白いなあ」と発言していました。古市さんらしいなと思いましたが、痴漢や小児性愛者とかという、実際に行動に移すことで他者の権利を侵害するものでないかぎり、誰にも迷惑をかけていないのであれば機械と結婚したっていいじゃないかという考え方があってもいい。たとえば、ボーカロイドの初音ミクと〝結婚〟した男性がニュースになっていましたけど、せいぜい身内が困惑するくらいで、誰も困らないじゃないですか。

三浦　私は制度でそれを保障すべきだとは思わない。機械と結婚できる社会は究極の自由な社会ですから、そもそも国家が結婚という仕組みに一切関与しない社会であるべきです。戸籍もなし、契約書以外に婚姻関係の認定もなし、自宅でパーティーを開いて勝手に宣言して終わり、という個人の儀式でしかない社会という意味です。遺産相続も、法律上の遺留分は妻にも子どもにも一切なし。すべて婚姻契約と遺言書による自己決定。それでよいですか？

この騒動は、実はすごく複雑な問題をさらけ出してしまったなと思っています。結局、正解はない問題なのだけど、正解がなければないほど、誰もが自分こそが正しいかのように一切の議論可能性を排除する状態になる。そこは頭が痛い部分です。

言論人は、どうすべきだったのか

乙武 私、あのときの自分の感情に困惑したんです。これまで自分は言論人だと思ってきたけど、言論人ではないのかもしれないと。あのとき多くの言論人と呼ばれる人たちが『新潮45』は休刊するのではなく、きちんと誌上で説明責任を果たすべきだ」と言っていましたよね。確かに頭ではそれが正しいとわかっているんです。ところが、根源的な部分で「ああ休刊してよかった」と思ってしまった自分がいました。もし休刊しなかったら、批判の声をものともせず「雑誌が完売した」という経験を得た『新潮45』が、これからますますヘイトを撒き散らし、私の大切な人たちを傷つける媒体であり続ける可能性があったから。私にはそれが受け入れられなかった。休刊になることで、「あ、やっぱり雑誌としてああいう路線に転向すると、こういう末路をたどるんだ」と言葉は悪いですけれど、いわば見せしめ的な存在になってほしいと思ってしまったんです。休刊が発表されてホッとしたと同時に、自分は言論人としては失格なのかもしれないなと。

三浦　乙武さんのように思う人がいなくなっても困るところですけど。そもそもこの問題を真正面から受け止めたリベラルの論者がごく少なかった。私は哲学者の千葉雅也さんと対談しましたが、千葉さんは自分自身がゲイであることをカミングアウトしたうえで、LGBTへの無自覚な共感を示すリベラルに対して「勝手に共感してくれるな」と言った。

乙武　千葉さんの言説は、当事者でもあるがゆえに説得力があります。しかし、私が障害者を代表することができないように、千葉さんもまたLGBTを代表することはできません。つまり、千葉さんは「勝手に共感するな」というお考えでも、やはり「共感してほしい」という思いでいる当事者の方も多くいる。たとえ、それが千葉さんから見た「勝手な共感」であっても、それに安心感を抱く人がいることも事実なんですよね。

三浦　千葉さんの主張するように、安易にリベラル側が「共感」という言葉や構図を使うから大変なことになるんです。当時、私はとある弁護士さんにツイッター上で絡まれたんです。私は、この問題について「新潮45休刊、色々いいたいことはあるけど、明日のメルマガで。今後の後追い企画は『言論封殺問題』ではなく『婚姻制度はどのぐらい必要なのか』とか『LGBTと一括りにするがそもそも多様だ』とか『事実誤認あるよ』とかの企画にしてほしいな。あと、新潮不買運動なんてまるで共感できないとだけ」とツイートしたんです。するとその弁護士から「なんで最初に言論弾圧が出てくるんだ」「(LGBTへの)共感が足りない」とリプライがきたんです。このような「共感」のなすりつけが、男女差別と同じくらい、私は苦手です。

文脈が読めない、見も知らぬ人がいきなりにじり寄ってきて、共感を求めてくるなんて恐ろしいことです。強烈な否定と共感をセットで求めてくる、SNS発の大衆的な圧力の怖さですね。

共感を押し付けない

乙武　共感スキームを押し付ける形ではない、あるべきスタンスというのはあるのでしょうか。

三浦　それはやっぱり分析スキーム、ではないでしょうか。私は、共感を押し付けることはしません。あえていうなら、最後の最後でしか共感は語らない。事実を分析したうえで批評し、血が通う一文を最後に書くというのが、私が論者としての自分に許しているギリギリの線です。もちろんツイッターには向かない手法かもしれませんが。

乙武　その感情を脊髄反射で書いちゃう人も世の中にたくさんいますよね。

三浦　ええ。でも、まず公正さ、つまりフェアであることを意識します。その次にイデオロギーや怒りが渦巻いている状況をきちんと腑分けして分析することです。

この問題でブログ記事を書いたときは、「ＬＧＢＴの生産性」という言葉にみなさんがあまりに目を向けているから、このままだとＬＧＢＴを排除したい側の思うツボだと伝えたかった。無駄にそこが論点になってしまい、差別をしている人の論理構造に乗っかってしまうことになるからです。

この手の主張をする人はＬＧＢＴを見下したり冷徹に見たりしています。そして周囲を納得させるために、都合の良さそうな理由を並べたにすぎない。理由は何でもよかったのだ。それを指摘するだけでいいというのが私の考えです。ところが、そのようなやり方は憎まれがちです。十分に怒りを持っていない、と思われるんですね。叫ぶだけで発散できる人は叫べばいい。でも、叫ばない私は、自分の人生の中で怒りを持っていなかったわけではない。その重みに耐えながら目を背けなかっただけです。

乙武　ＬＧＢＴを全く理解できず気持ち悪いと思ってる人。当事者や支援者。そして差別もしていないけど特段興味も関心もない中間層の三つに分けて考えましょう。中間層に公正な情報を与えた上で判断してもらうためには、三浦さんのおっしゃった分析スキームが有効なんだろうなとは思います。他の問題であれば、私もそうしていたと思います。

でも、この問題について、私はそうできなかった。それはあの記事で傷ついた人々が心から血を流しているときに、誰か当事者でない立場から感情をぶっ放すのが、彼らにとって溜飲を下げることになると思ったからです。カミングアウトしていない人々は、当事者として声を上げることもできない。冷静なロジックで反論していくことが大事だという三浦さんのスタンスは、とてもよく理解しています。でも、ひとまず彼らにとって救いになるようなことがしたかったんですよね。それはまさしく千葉さんから見た「勝手な共感」だったのかもしれないですけど。

三浦　それは傍観者になりたくなかったからじゃないですか？　人が本当に自分のための戦いをするときに、一番傷つくのは傍観者の存在です。「傍観者にならないよ」は、「連帯するよ、だから安心して戦ってきて」というメッセージです。多くの善意ある人たちは、そういうロジックに基づいてやっていたと思います。そういういわば善意ある人たちの意思を否定するものではありません。ただ、政治課題として活動しているのは当事者の一部であり、そこに当事者ではない代弁者が加わると問題が複雑化してしまうのではないかと感じました。杉田氏の外見を揶揄する方向に向かっていった左派系メディアもありましたね。そのような報道は、ＬＧＢＴなどマイノリティの擁護と何のかかわりもない態度ですが、政治化するとそういうことが起きます。

日本から離れて暮らして見えたこと

乙武　杉田論文の件で、少し熱くなってしまいましたが、関連して一つお聞きしたいことが出てきました。

私は二〇一七年の約一年間、海外三十七ヶ国を放浪していたんです。正直に言えば、「移住してしまおうかな」と思った時期もありました。日本社会がこうなって欲しいという思いを実現するために人生を費やすよりも、もうある程度、実現していて自分が居心地よくいられる社会に移ってしまったほうが楽なのかもと思ったんです。

男女間の格差や、いま議論になったＬＧＢＴの話もそうですけど、日本の仕組み、社会構造のような、いわば〝呪い〟のようなものって、容易には変わらないですよね。もしかしたら、私たちが死ぬまでに変わらないかもしれない。日本社会における女性の扱われ方への疑問や失望、憤りなども、ヨーロッパなどに移住してしまえば、国にもよるでしょうけど、ある程度解消される。そういう文脈において、三浦さんは日本を出ようと思ったことはないですか？

三浦 引退後の生活として夢見たことはありましたけれど、現役として思ったことはあまりないです。おばあちゃんになったら島にでも住もうかなと思うくらいです。

乙武 この仕事は引退が難しくないですか？ おばあちゃんになっても言論はできるじゃないですか。

三浦 日本で書くのと、離れた場所で書くのとでは、内容が変わってきます。私の周りには海外に住みたいと思っている人が多くいるけれど、私はあんまりそうは思わない。実はイギリスが好きで、ロンドンで仕事をして、スコットランドで避暑してという生活がいいなと思ったこともあります。ただそこに暮らすとなると、外国人であることとの耐え難さというのはやっぱりあるんです。いまさらイギリス人やアメリカ人になれるかといったら、それは無理ですから。

乙武 私も二〇一七年に三ヶ月ほどロンドンに滞在したんです。確かに外国人として暮らす煩《わずら》わしさはありました。でもその煩わしさは、日本で障害者として暮らすそれと、私にとってはあまり変わらないな感じたんですよね。三浦さんの場合は、この国で女性として生きるしんどさと、欧米で外国人として生活することのしんどさと、どちらを重たく感じているのでしょうか。欧米では女性として生きることのしんどさが、日本よりも軽減されるという前提でお聞きしますが。

三浦　いやー、どうかな。ロンドンが楽だとしたら、一番は匿名でいられるという点じゃないですかね。特定のリベラル知識人コミュニティーで外国人として生きていくことは快適なのかもしれませんが、それは日本でイギリス人のお客さんをやるのだって、ある程度はそうでしょう。自分の国だと思わないから、イギリスが先進的に感じられるだけで、向こうだって色々あると思いますよ。ロンドン市内を走る公共バスの中で、ＬＧＢＴの女性二人が襲われて血が出るまで殴られたのもついこのあいだですからね。

それに、私はしんどさでは判断しないですね。政治に関わる業界にいるから、そこが大きな違いかもしれません。もしも完全にノンポリだったら、せいぜい外国人であることの不利益って、大家さんに不思議な目で見られるとか、コミュニティー内の恩恵をフルに享受できないということだけかもしれません。でも残念ながら、私は日本という社会に対して責任を負う立場だと思っているんです。エリートはその責任を負っているわけで。自分ははねっ返りのつもりで来たけれども、もうそんなことを言っていられる年でもなくなった。

乙武　そうか。だから三浦さんは「自分が国に対して責任を負っている」といった表現をするのか。その責任を放棄したり、手放すことはないということなんですね？

三浦　財産をあらいざらい海外に移して、シンガポールあたりに住んで、政治的な責任も権利も放棄して、世の中の面倒なことはすべて人任せにするとかですか？　そして、ときどき四季が欲しくなったらイギリスに行ったりして、世界を転々としながら遊んで生きるって……それ、つまんなさそうじゃないですか？（笑）

乙武　いやあ、涙が出そう。じつは、私もまったく同じ理由から海外移住をやめて帰国することを決断したんですよね。実際に移住先を探していく中で、オーストラリアのメルボルンは最適の環境だったんです。日本からの地理的条件や人種バランス、食事の美味しさやバリアフリーの状況など含めて、これ以上の住環境はないなと。だけど、二週間を過ぎたあたりから、まさに三浦さんがおっしゃった境地に達したんですよ。つまんないなあ、と。最適だと思える環境で残り四十年ほど生きていく人生に、自分はどれほど満足できるだろうかって。

マイノリティにとっては理不尽なことが多い、制限だらけのこの国で、報われるか報われないかわからないことをガリガリやっていくほうが私の性に合うかなと思った。それで日本に帰ってきたんです。三浦さんもいろいろ面倒くさいことを投げ捨てて、「私」の部分だけを充実させる生き方を選ぶことはないということなんですね。

三浦　そうですね。でも、私って忙しくしているように見えて、結構、遊んで暮らしてるんですよ。でも、ずっと遊んでいたら一ヶ月すぎたところで鬱になるだろうなと思うんです。お買い物にしても、その効用はいずれ落ちてくる。服だって着られる身体は一つなわけでね。

結局、私がいま一番楽しいのは、文章を書いている時です。書くにはインスピレーションが必要です。世の中のさまざまな不都合や不条理はそれを与えてくれます。だからそういう不都合のあるこの国の中でいろいろなものを書いていきたいです。

乙武　三浦さんは、自分の国との距離感はどのように認識しているんですか。

三浦　国は、国民の幸せのために存在していると思っています。その日本という国に対して私は一員として所属意識を持ち、向き合っている。社会や課題に対して、「オーナーシップを持つ」という言い方を英語ではするんですよね。当事者として主体的に関わるという意味です。日本社会はダイナミズムが少なくて、社会問題が浮上しても、繰り返し同じ議論をするだけで、何も変わらないことが多い。多くの人が、自分ごとだとは考えないからです。

乙武　もちろん、理想を言えばそうです。国民一人ひとりがオーナーシップを持って国や社会の課題と向き合うべき、という考え方には正面切って反対できません。ただ、それはあくまで理想論であって、やはり日々の生活の中でそれを求めていくのはなかなか難しいことだとも思うんです。そこまでの余裕がないというのかな。そういう意味で、先ほど三浦さんがおっしゃっていた「エリート」にその責務があるのかもしれませんね。

第3章　男性は自分より頭のいい女性が嫌い？——三浦瑠麗

国際政治学との出会い

乙武　大学は、東京大学の農学部ですよね。

三浦　そうです。進路振り分けで農学部に進むことになったのは、大学二年の途中でしたね。

乙武　他の選択肢は考えなかったんですか?

三浦　物理化学系の理科Ⅰ類での入学でしたから、だいたいは理工系、あるいは少ないのですが文系に進む人もいます。その中で農学部を選びました。学科は農業土木系の「生物環境科学課程・地域環境工学専修」というところ。農地工学研究室にいました。大学はろくに行かなくて一、二年生の成績は悪かったたし、特に専攻したい分野もなかった。漠然と、「環境問題を学べるところがいいかな」というくらいの気持ちです。もうどこでもいいという感じでした。

乙武　言葉は悪いけれど、消去法的な感じですね。

三浦　ええ。進んだら面白い講座もあったのですが、相変わらず将来像は描けなかった。四年まで農業土木を勉強して、卒論も出した後、一コマ分だけ単位を残して留年しました。そして、大学五年目にのちに朝日新聞の主筆となる船橋洋一さんのゼミに参加したんです。

そのゼミは面白かった。国際関係論専攻の学生が多かったから、ゼミの同級生は外交官になったりメディアにいたりします。

乙武　それまで古文漢文が好きで文学に親しみ、大学では農業を学んだ人が、そこで国際政治学の世界に入っていったわけですね。

三浦　船橋ゼミは多彩な内容でしたが、教養課程で政治学の講義を受けたこともあるし、まるで土地勘がなかったわけではなかった。国際関係論の学科に、なぜ他学部聴講をしに行ったのかと言うと、ちょうどその頃結婚した夫が、来年度にこんな講座があるよと教えてくれたから。

乙武　パートナーとの出会いはいつですか？

三浦　大学一年生の社会科学一般の講座で、イタリア政治と日本政治を比較するゼミを受けたときに会いました。それからしばらくはずっと友達でいて、結婚したのは大学四年の終わりのころです。彼は卒業してはじめは外交官になった。本棚には国際法とか政治学の本が並んでいました。文学や歴史という形でしか世界を見てこなかった私は、構造的に物事を見ようとする政治学が面白いなと思いました。それと同時に、理系で教わる実証的なマインドも政治学と相性が良かった。いまでも他分野を「領海侵犯」しがちなのはそうやって専攻を変えてきたからなのかもしれない。

乙武　イラク戦争で、アメリカ軍がバグダッドを空爆し始めたのが、二〇〇三年三月ですからちょうど三浦さんが大学五年生の頃ですよね。

三浦　四年の終わりですね。ちょうど入籍した頃。学校の勉強は、公立高校なのでやはり現代史が抜け落ちる傾向にあります。しかも、それまでテレビを見ない家で育ってきたせいか、はじめてイラク戦争の生の映像に接したときは衝撃を受けました。

「政治学とは?」と聞かれたら

乙武　自分のお子さんに、「政治学って何?」と聞かれたら、どう説明しますか。

三浦　「相手の立場に立って物事を見る学問だよ」と答えますね。それから「政治は人間がすること全てが範疇《はんちゅう》だよ」ともいいます。青山学院大学で国際関係論を教えてきましたが、学生たちにも基本的にはそのような説明をしています。

娘は小学一年生の夏休みの自由研究のテーマに「ベトナム戦争」を選んだんです。たまたまアメリカに行った時に、国立公文書館でベトナム戦争展をやっていたから。ジョンソンやニクソンの肉声が聞ける音声テープを、ただ流すのではなく、黒電話や赤電話の受話器を使って聞くようになっていたりして、大変面白い工夫の凝らされた展示でした。『あの写真は何？』とか、『この紙は何て書いてあるの？』と聞かれるたびに、説明さえすれば子供でもよく分かる展示になっていた。『何をするの？』って聞いたら、見たことをウェブサイトのページでコピーしてノートに貼りたい、と。はさみと糊《のり》でいろいろ写真を切り貼りしていましたけれど、私がアドバイスしたのは、戦争をめぐる構造からみていくことでした。「ベトナムの地図を出しましょう。どこまでが北ベトナムで、どこがトンキン湾なのか」とか大事な地理の部分から。次に主要な登場人物の顔写真を貼って、名前を書いて、写真を使って年表を作る。そこに説明を加えていく。そうやっていく中で、物事を構造化して見ることができるようになる。構造化しないと、自分の印象を述べるだけで、「相手の立場に立って物事を考えてみる」前提となることを紙に落とし込めないんです。これは何も政治学に限らず、人間が他者と触れ合っていく上で基本的なことだと思います。

乙武　「相手の立場に立って物事を考える」ですか。今、この日本で政治を語りたがる人たちにこそ聞かせたい言葉です。

三浦　多くの人がそこには関心がないんですよね。政治を語るときにどうしても闘争の部分が注目されがちです。しかし、派手な闘争の世界にだけ注目しすぎてしまうと、闘争しているAとBの後ろにもっと大きな世界が広がっていることを見失ってしまう。LGBTの件もそうです。その他のものを見失わせる効果を持っている。だからカール・シュミットが言う「政治の本質とは友敵概念の区別である」というのは、正しい部分と間違っている部分があると思っています。友にも敵にも還元しえない「その他」の方が広大だからです。

乙武　三浦さんが政治学に触れてから、まだ十五年くらいですよね。「政治学とは、相手の立場に立って物事を見る学問である」という定義は、学び始めた当初から抱いていたものだったのですか？

三浦　いいえ、それは自分がここまでの経験を経てたどり着いた答えです。当初聞かれていたら多分そのようには答えなかったと思います。

私は農学部時代の卒論テーマが、「土地改良事業における環境影響評価」でした。土地改良事業は、農地の整備だけでなく灌漑設備や農道や橋を整備したりすることを含みます。さまざまな利害関係者が登場し、非合理的な形で落としどころを探る政治そのもので、日本におけるちいさな民主主義の運用を代表するようなものでもあります。もし、このような勉強をしていた大学四年の時に、「政治学とは何か？」と聞かれたならば、「非合理的な人間の営みを頑張って解読しようとする試み」と答えていたでしょう。それが今の表現に落ち着いたのは、単に「非合理的だ」と言っていても何も始まらない中で、より積極的に考える姿勢になったということなのかもしれませんね。

乙武　もちろん、いろいろなことの積み重ねだったと思います。特にこの「相手の立場に立って物事を考えることが政治学だ」と思わされた出来事やきっかけがあったら教えてください。

三浦　それは戦争の研究を始めてからですね。戦争を研究していくと幾度となく「状況判断ミス」に出会います。特に戦争が始まる直前は、当事者たちは自分に都合の良い思い込みをしがちです。楽観的な、あるいはいい加減な見込みで始まった戦争がいかに悲劇を生むか。それを通じて、自分の願望が必ずしも相手の願望とは合致しないという実生活の実感と繫がっているんだということを学びました。最初の本『シビリアンの戦争』を世に出したのが二〇一二年。二〇一四年から、誰に頼まれたわけでもなくブログを書き始めました。そこで最初に取り組んだのは「現実政治を評論する」ことです。政局を読みつつ政策を論じる過程で、人びとの行動原理が整理される。政局を見ることは、政治を考える上ですごく勉強になりました。

乙武　やはり政局を知ることは、政治を分析する上で大切ですか。

三浦　研究の対象にする必要はありませんが、触れないと現実政治を分析する上では一面的なものの見方になってしまうでしょうね。

乙武　政治学者として三浦さんがブログを書き始めてからずっと安倍政権ですよね。安倍政権をどう評価するかはまったく別の問題として、違う総理大臣になることは、政治学者として楽しみだったりします？　つまり、違う総理になった日本の景色を見てみたいという思いがあるのか。

三浦　それはもちろん見てみたいです。いまの日本は「何も変わらない」ことを選択しているように見えますからね。ただ、変われば何でもいいわけでもない。私は二〇一七年に小池百合子さんが希望の党を立ち上げた際に、コラムをブログに書きました。

「希望の党に集っている方々には、好きな方もいるけれど、そこには言いようのない『虚無』を感じます。深淵の縁に立って底を覗き込んだ時、暗闇だけがあったから。そして、暗闇もまたこちらを見ている感じがしたのです」

現実世界に虚無が迫ってくるのは恐ろしいことです。虚無が世界を覆うことに私は賛成できない。だから、今の政治を何でもかんでも変えればいい、という考えには、安易に賛成しないのもそういうことです。

乙武　選挙ではいまだに著名人が候補になり、話題となって当選することがあります。でも、大事なのは知名度があるかどうかではなく、「その人が政治家という手段を通して、どんなことを実現したいのか」ですよね。その上で、それに賛同できるかどうかが問われている。そういう意味で小池さんに対しての三浦さんの評には私も賛同できますし、そういう方が当選されるのは、まさにポピュリズムという感じがしますね。

三浦　乙武さんは「文春砲」ならぬ「新潮砲」で出馬がなくなりましたよね。ただ乙武さんの場合、自民党からの出馬ということでなければ、ここまでのダメージはなかったと思います。第三極勢力の政党の候補者だったら、叩かれはしたけれど、ダメージとしては若干少なめだったはずです。安定政権の与党候補であり、当選のあかつきには政策に影響を及ぼせる立場になる可能性が高かったので、それに比例して反発が大きかったのだと思います。

学生結婚をした理由

乙武　少し政治の話に行き過ぎましたので、三浦さんのパーソナルな部分に、さらに一歩踏み込んでお聞きできたらと思っています。

大学時代の話を伺ったところで、学生結婚をしたことに触れておられました。文学少女だった三浦さんは、幸田文作品などを通して、「女性はあまり幸せになれない」とか、「結婚は女性が犠牲を強いられるもの」という学びを得てきたはずですよね。それにもかかわらず、結婚願望は強かったんですか？

三浦 結婚は「するものだ」という感覚はありました。両親も大学在学中に結婚していたし。生涯独身は考えなかったけれども、早く相手を見つけないと、というほどの結婚願望はありませんでしたね。信頼感がある相手でないと苦痛だろうと思って。以前に話題にしましたが、最近は男性の方が結婚願望が強いですよね。

乙武 そうですね。

三浦 多くの男性は、実家で暮らしている時はお母さんに頼りきりです。一人暮らしで自炊している人は生活力があるけど、その生活力をすぐ放棄したがるのが不思議（笑）。自分の暮らしている空間に他の人が入ってきて「全てを取り仕切って欲しい」と思う感覚が、私には理解ができないんですよ。

それはさておき、子供は欲しかったかもしれないですね。でも、今から考えたら結婚ではなく、事実婚でもよかったかなと思っています。

乙武　時代もありますよね。今の時代は、結婚しないことも選択肢の一つとして受け入れられてきた。でも、私たちが二十代のころは、「生涯独身」という選択肢はそこまで大きなものではなかった。だから、本来は結婚に不向きな人でも、いつかは結婚することを前提として人生設計をする必要があったように思うんですよね。

三浦　そうですね。結婚したくないのは何となくわかります。子供はもっと欲しいですか？

乙武　現時点でそういう考えはないですね。

三浦　離婚をすると多くの場合、女性側に親権が与えられますよね。男性にとっては、子供を自分のところに置いておくことが離婚後は難しいということになります。

乙武　フランスなどでは、婚外子もずいぶんと一般化してきましたよね。そういう社会なら、結婚することと子供を持つことをセットで考える必要は無くなっていくのかもしれない。三浦さん、今だったら事実婚でもよかったと思う理由はなんですか？

三浦　夫のことはずっと好きですよ。ただ、誰かのものというか、妻として扱われることがあまり好きじゃないからですね。

乙武　「三浦瑠麗」個人ではなく、「三浦家の奥様として扱われるということですね。でも、先ほど挙げていただいたような旅館でお櫃が横に置かれるような話は、結婚していなくても同じことが起きるんじゃないでしょうか。

三浦　女として生きていて、ふとした場面で色々な人にジャッジされているのを感じます。少なくとも私は、どんな生活をしているのか、子供の面倒を見ているのかといったプライベートな部分が、周りから常にチェックされている感じがしてしまう。これ、男性はそんなこと聞かれないですよね。あまり好きではないんです。もちろん私自身は今、夫からは最大限自由にさせてもらっているので、現状に別に不満はないですが。

ただ、自分の結婚についていまよくよく考えてみると、なぜ私はチャペルで式を挙げたのか、なぜウェディングドレスを着たのかがわからない。自分が選択したことなのに……。だから、今は結婚願望はないけれど、昔は結婚願望があったのかもしれないですね。みんなが憧れる白いドレスを着たかったんでしょう。今なら絶対にしないことばかり（笑）。

乙武　結婚すると、それまでの交際と違って、パートナーの親族との関わりが生まれます。そこについてはどう考えていますか？

三浦　義理の両親は特別な存在です。でも事実婚だったら、よりその位置付けが難しくなるでしょうね。子供ができれば彼らからすると孫になるわけですが、事実婚を選択した場合、嫁や孫に対する距離感は違ってくるかもしれないですね。可愛がりたくてもできないとか。日本社会においては女性が親戚付き合いを担ってきた歴史がありますから、男性が頑張らないと、自分の親に対するおもてなしや気遣いが足りなくなるはずです。

乙武　三浦さんのパートナーは、ご長男ですか？

三浦　はい。義姉はアメリカに住んでいて、夫のいとこも女性ばかりです。そんな状況なので、三浦家の行事はいずれすべて私のところにくることになる。お墓のことや、親戚関連の連絡とか。結婚してから十七年弱。姑も娘が生まれる直前に見送りました。

今後、三浦家を昔ながらの一つの「家」として維持することは難しいと思います。親戚が固まってひとところに住んでいたりすれば話は違いますが、バラバラになっていますからね。でも逆に母方のアメリカのルーツは緩くつながって残るでしょうね。

乙武　戸籍制度についてはどう思いますか。苗字を変えることも含め、女性への不利益が多いようにも感じますが。

三浦　戸籍制度に関しては別に何か不利益を被った感覚はないけれど、それはまだ何者でもないうちに若くして結婚したからかもしれませんね。「家」制度は女性の血と涙の上に築かれてきた部分があるでしょう。一方で「家付き娘」として守られてきた人もいる。だから、家の財産とか、婚家の理解という条件の違いで女性の運命は大きく変わってきた部分があるんじゃないでしょうか。家族が支え合うことは良いことだけど、私が女性の経済的自立にこだわるのは、そんな外部条件に振り回されすぎないためです。

「ママはとてもつらい思いもしている」

乙武　子育てにおいて「娘だから」と意識していることはありますか。

三浦　ジェンダーのステレオタイプを娘に植え付けないようにとは意識しています。ついやってしまうことですから。私は意識しなければ下座に座ってしまうので、たまにはあえて私が上座に座るとか。旅館でご飯を食べるとき、飯盛りを夫がやるときもたまに作るとかそういう細かなことです。

私が専業主婦ではないし、普通のお勤めをしている人でもないことを娘は分かっています。うちの周りはまだ専業主婦が多いから、お友達に比べてママと過ごす時間が少ないとか、いろいろな不満もあるでしょう。でも、大変なのはわかっているようです。最近は「他の子のお母さんがしてくれることをママはしてくれないけど、ママはとてもつらい思いもしているよね」と言ったりするんですよ。

乙武　つらい思い？

三浦　娘と外に出かけても、それこそいろいろな方に会いますからね。ママが攻撃されるかもしれないと思うようです。

乙武　攻撃されるとはどういうことですか？

三浦　嫌がらせの手紙や電話がかかってくるのを知っていることが一番かな。外でジロジロ見られたときに怖いようですね。娘は私といることで、ストレスを受けているかもしれません。乙武さんは街に出かけて人から声かけられてもストレスを感じないですか？

乙武　正直に言えば、三年前までは「めんどくさいな」と思っていました。でも、例のスキャンダル報道があってからは、声をかけてもらえることを「ありがたいな」と思えるようになったんです。あれだけ〝社会の敵〟認定をされた人間をこうして応援していただけるのは本当にありがたいな、と。

三浦　自虐的ね（笑）。

乙武　いやあ、本音ですよ。しみじみ、そう思う。すみません、「子育て」に話を戻しましょうか。

三浦　私の場合、子供が四歳までの頃とそれ以降とで仕事の状況が変わったこともあって。六年間の大学院時代は稼ぎがほとんどなかったし、博士号を取ってまもなく、東日本大震災のあった二〇一一年に出産をしました。その時期は、女性はとても大変で脆弱な存在ですから、精神的にも経済的にも夫に頼っていました。

乙武　出産前後ですもんね。

三浦　まあ、そうですね。産後は完全に私がフル回転で子育てを頑張る生活に変わりました。非正規の仕事をしながら、娘がゼロ歳から三、四歳になるころまでは、いろいろなものを犠牲にして娘を育てていたと思います。

二〇一五年に文春新書から『日本に絶望している人のための政治入門』を出したあたりから、論壇誌に連載を持ったりテレビにも出るようになって、状況が徐々に変わっていきました。仕事の時間が増えていくので、家事や子供のお世話をナニーさんにお願いすることが増えたのです。勉強や躾も担ってくれる存在でありがたいことです。娘にしても、「ママには大切な仕事がある。だから他の人にお願いしているんだ」という認識が出てきたと思います。その意識がやっぱり彼女の意識を抑圧もするし、彼女自身を成長させてもいると思います。

いまの私は、能力や機会があれば社会に貢献していくべきではないかと思っています。娘にとって最初のロールモデルは忙しい私になるわけで、私とはちょっと育つ環境が違うかなあと考えています。

乙武　三浦さんの娘さんが社会に出る頃には、さすがに男女の格差がフラットになり、女性も尊重され、活躍できる時代になっているだろうと思う一方、三浦家ほどジェンダーのステレオタイプを植えつけないよう注意を払って教育している家庭はごく一部だと思うんです。つまり、そこまで意識していない家庭の教育を受けてきた子が大多数となる。となると、娘さんは、世間からするとジェンダーにセンシティブな女性として見られるわけですよね。それが正しいと思う反面、もしかしたらそれが彼女にとって生きづらさにつながってしまうかもしれないと懸念を抱いたりはしないですか？

というのもね、私自身、小学校教師をしていた時にそうしたジレンマに陥ったんですよ。私は「みんな違って、みんないい」をモットーに活動してきた人間ですから、やはり子供たちにも一人一人の個性を尊重する教育をしていたんです。あるとき、その考えを聞いた友人から「それってお前のエゴじゃないか？」と言われたんです。「日本社会はまだそうなっていない。それなのに、お前の理想を押しつけて教育することで、個性を尊重してもらえると思って社会に出た子供たちは、個性を殺して生きていかなければならない社会に、逆に生きづらさを感じるんじゃないのか」と。

三浦　その可能性を考えたことはありますが、悩んだことはないですね。私自身、さまざまなかたちで攻撃され、叩かれて、それでも潰れなかった。ほんとうに絶望したときにも、最後に自我が残っていて、それが今の私を作っている。いくら抑圧的な環境にいたとしても、何人かは突出してくるはずです。それに彼女が耐えられなければ、逃げ場所でありたいし、なんでも全力で支えたい。

それに、私だって社会に順応してきたところもありますよ。それこそ、「頭が悪いふり」を女の子がやることがあるのを知っているのは、自分も少女のころにそれをしたことがあるからです。文化というのは、複雑なものです。文化を知っていれば、着物が着られるとか、季節の行事を知っているとか、いいこともある。けれども、つい序列を受け入れたり、分をわきまえてしまおうとする自分がいる。その文化との葛藤の中で、私たちは生きていくしかないんです。だからそういったものも含めて、全部受け入れなさいとか、全部捨てなさいとか、自分の娘に押し付けるつもりはありません。

それとは別に、必要なこととして利他性というのはありますよね。教員時代の乙武さんに忠告をした人たちは、「才能のある人たちがすべて自己主張していったら世の中壊れちゃう」という世界観の中で生きています。実力があって自己主張する人に利他性、つまり相手の立場にたって考えることがないという前提をおいているんじゃないかと。でも、私は利他性と実力主義はむしろセットでなければならないと思っています。私は乙武さんがモテるのは、ちゃんと利他性があるからだと思っているんですよ。

乙武　いきなり何を言い出すんですか……。

三浦　人によっては「紳士的」と表現するのかな、要は気遣いと思いやりです。この利他性は男女問わず必要なものだと私は考えています。娘には何よりもこの考えを叩きこもうとしているので、彼女は今すごく内面で葛藤しているはずです。自己中心的になりがちな年ごろですからね。

乙武さんは、結局、ロールモデルについての、そのアドバイスを聞き入れたんですか？

乙武　数ヶ月間、悩みました。出した結論は「仮に今の世の中がそうだとしても、自分自身がよしと思えていない社会に適した人材を育てるのは、教育者としてできない」というもので、自分の考えを貫くことにしました。

三浦　そうですよね。いい決断じゃないですか。「社会はまだそうなっていない」という考え方が続いていたら、女性参政権は永遠に登場しなかったかもしれない。十九世紀から二十世紀にかけて起こった女性参政権獲得運動は、当初は一部のとんでもない人たちの運動だと思われていました。良識的でありたい人たちは関心を示さなかった。でも、そういう力によって世の中は動いたんですよね。変革とは常にそういうものではないですか。ラディカルな人がいて、徐々に社会が変わっていく。乙武さんが自分の道を貫いてよかったと思います。

男性のあいづちは、はしたない

乙武　話を戻しますが、「ちょっとこの場面はバカな女のふりしたほうがいいかな」ということもあったとお話をされていました。具体的にはどんな?

三浦　バカというより、ごく若いころに彼氏をたてたりということはありましたけど。でも大人になってからはさすがにそれはできないかな。ニュアンスはだいぶ違いますけど、あえて相手を追い詰め過ぎないなどの配慮はします。これは男女問わずですよ。何かを振りかざされるのって嫌なもんじゃないですか。正しい、から言うことを聞いてくれるわけではない。しかも多くの年配男性はすでにできあがった持論というものがある。

ただ、それはおっしゃっていることとはちょっと違いますよね。男女間に波風立てず穏便に済ませるテクニックの一つとして、知っていることを全部言わないようにする、ということかな。これは、頻繁に女性たちのあいだで用いられていますよね。得なんじゃなくて、いちいち相手の反応が面倒くさいのと、気を遣ってあげているんじゃないかな。

私はね、馬鹿なふりはしない。でも、ある程度相手の顔を潰さない配慮とか、相手に関心を持ってあげるというのは、両性が同じくらいのレベルで身に付けたらよい能力なんじゃないかなと思いますよ。「そうなんだねえ」と聞いてあげる側に回るのは、男性社会で人望を得るためにも大事な能力です。男は講釈を垂れたがる生き物でもありますね。助言したがる人っていますよね。そういう人たちには、私はあえて噛みつくことはしない。噛みつく人がいてもいいんだと思いますよ、でも、これは趣味の問題なので。

乙武　ご配慮ありがとうございます（笑）。

三浦　誰でも仕事ではある程度することなんじゃないですか？　男性同士なら、お互い顔色を見ながら「こいつはどれだけできるのかな」とまずは腹の探り合いをする。そんななかで忖度や遠慮や、権力関係が出来上がっていったりしますよね。

でも、なぜか女性に対しては、演説みたいに一方的に話を始めることが多い。男性のあいづちって、私から見ると、ときにはしたなく見えることがあります。

乙武　はしたない？　それはどういうことですか？

三浦　自分が知っていることをあいづちの中で強調する。男性中心の社交場を見ていると、だいたいAさんが面白い小話をすると、Bさんはそれにひっかけて自分が体験した小話をする。議論の普遍的なふくらみの方向性を無視して、「自分が知っていること」を披露する会になっている。これが男性社会というよりむしろ人間の権力社会なのかもしれません。というのも、男性社会にかなり順応した女性の中には、そっくりそのまんまの行動をとる人が結構いるから。どうしてそうなってしまうのか。はしたなさを嫌がる気持ちより、その社会のルールで認められ、上に行くことが大事だと思うからですよね。

多くの女性は、彼氏が「教えてくれること」を知らなかったふりをしなければ、ふたりの関係が致命的な状況になってしまうのがわかっているから、知っていることを全て話さないんじゃないですかね。私だって高校生の頃は半分くらいそうだった気がするけど。

乙武　こちらがバカなふりをしてまで、傷つけないように配慮しなければならない。そういう対象が身近な人間だとしんどいですよね。

三浦　そうね。

乙武　それが今のパートナーにはない？

三浦　ああ、まったくないです。結婚した理由はほぼそれに尽きるんじゃないかな。

乙武　お互い東大で学力が同等なことも理由だったりしますか。例えば私が通っていた頃の早稲田大学でいうと、学部学科で偏差値のヒエラルキーがあるわけです。すると、やはり男子は自分より偏差値上のヒエラルキーが高い女の子とは付き合いたがらない。なので、学内で最も偏差値の高い政経学部政治学科の女の子たちは「誰も合コンをしてくれない」と嘆いていましたよ。だから、普段は所属を偽って合コンに行くと言っていました。

三浦　偽る？　もし付き合ったらばれるのに？　よくわからない。東大だからとか、理Iだからといって交際相手に引かれるということはそんなになかったですね。それゆえにもっと支配したがる人というのはいましたけれどもね。女の子は、けっして頭が悪い方がモテるなんて思わないでほしい。私がもっと頭が悪くなったらもっとモテるようになると思う？　違うでしょ。むしろ評価は下がるでしょ。

乙武　下がるというよりは、周囲が変わるんじゃないですかね。三浦さんを好きになるマーケットが変わってくる。

三浦　そうか。マーケットね（笑）。

乙武　「私がもっとバカだったらもっと楽だったのに」と思ったことはありますか？

三浦　まさか。それは一度もないです。もっと強くなりたいなと思ったことはあるけれど。

乙武　なぜこんな質問をしたかというと、先ほど三浦さんもおっしゃったように、ある女性から「やっぱり男は、自分より賢い女を嫌がる」と言われたことがあるんです。その方も大変優秀な方なので、友人や議論の相手としては求められる。ところが自分のパートナー選びとなると、男性は自分と同等あるいは自分より下だと思えないかぎり、恋愛対象として見てくれない。だから必然的にマーケットが狭まるそうです。彼女は「私がもっとぼんやりした女だったら、もっと色々な人に可愛がってもらえたんじゃないかな」と言っていました。

三浦　そういうこともあるのかもしれないけれど。私の付き合った彼氏は必ずしも全員お勉強ができるタイプじゃなかったから、ストレートにそういう感想は持ちません。要は、自分が好きだった賢くて有能な男性が、ある日「綺麗だけど自分ほど優秀じゃない」女性と結婚したとか、その種のトラウマなのかな。

「トロフィー・ワイフをもつ」という言い方があります。つまり綺麗な若い奥さんを成功の証として求めようとする男性の行動を言います。しかし、肝心のトロフィーになった女性は幸せでしょうか。夫の成功を補完する存在として、個性よりも家事の完璧さ、服装のセンス、お受験の努力で評価され続けるということですよ。思いやりとか、二人にしか分からない笑いとか、そういったものの方が幸せをもたらしてくれると思うのですけど。

私には、一生「トロフィー扱いをされたい」という人が本当にいるとも思えません。自分がいま優れている箇所が、外見やセンスや若さだったとしても、彼女たちだってそういう雰囲気の奥に潜んでいる人間性を見てほしいと思っているに決まっています。

もう一つ考えなければいけない女性の選択は、自分にどれほどの利他性を養おうとするか。私はファミリー至上主義ですから、家族のために結構何でもやってあげてしまうところがあります。何でもやっていると子供はママにべったりになるし、夫は夫で私に感謝するし依存する。まあママが好きになるのは、ママが利他的なんだから当たり前ですよね。それは私が自分本位じゃないということ。ただ、あんまり行き過ぎると不健全になるからこそ、自分を大事にしようと思ってもう少し個人主義に舵を切ることにしたんです。ところが、男性の多くはスタート地点から自分を中心に人生を組み立てています。男性はそれでも世間から眉を顰《ひそ》められないし、家族に尽くしてもらえる人もいて幸せになれる可能性が高い。でも、女性は周囲から利他的であることを期待されて育つので、女性が利他的でなく自分本位だと、あまり好いてもらえなかったり、幸せを手にできなかったりするのではないか、と。

乙武　ああ、そうかもしれません。

三浦　男女間の不公平なところです。お金さえあれば、わりと自分本位でも幸せになれる男性なんてはいて捨てる程いるんじゃないですか。でも、私は男女ともに利他的であるべきだと思いますよ。

プレゼントをもらうことが苦手

乙武　以前、石田純一さんと同じイベントに登壇しました。平成を代表するモテ男である石田さんと並んだ上に、イベントのテーマが、「恋愛しつづけるオトナ達」というものだったんです。

三浦　いいじゃないですか。

乙武　司会の方が、「石田さんは六十四歳になられた今もモテ男ですが、これだけモテていらっしゃる秘訣はなんですか?」と聞いたんです。会場の方が期待したのは、「女性の話をよく聞く」とか「相手の立場に立つ」とか、石田さんらしく「サプライズをする」とかだと思ったんですが、彼は一言、「お金かなあ」って言っていました（笑）。

三浦　なるほど。でもそれは実感なんじゃないですか？

乙武　そうなんでしょうね。

三浦　男性とお金って難しい問題ですよね。私、男性からプレゼントをもらうのが苦手なんです。特に高いものは。

乙武　それは驚きです。女性からのプレゼントなら喜んで受け取れる？

三浦　ちいさいものならね。大学院時代の友人とは毎年ささやかな誕生日会をしていて、プレゼントを贈り合っています。今年はアロマ用の猫の置物と花瓶をくれました。でも男女間の愛情表現として物をもらうのはあんまり。

乙武　それは思いが詰まっているからですか？

三浦　というよりも、もので買う感じが嫌なのかな。

乙武　なるほど……。じゃあ、消えものは？

三浦　チョコとか花はすごく嬉しいですよ。もらった花は嬉しくて、枯れるまでずっとオフィスに飾っていました。

乙武　つまりアクセサリーとかがダメってことですか？

三浦　うん、まあ最近ではアクセサリー自体ほぼ身につけないし。これって変なのかなあ……。

乙武　確かに少数派ではあるかもしれません。ただ、もし私が三浦さんになにかプレゼントを贈りたいと思っても、身につけるものをプレゼントするのはおこがましいと思ってしまうなぁ。

三浦　でも、もしお付き合いしていたら贈るでしょ？

乙武　そうですね。

三浦　多分、ほとんどの女性だったら嬉しいんだと思います。でも私は気を遣ってしまう。負い目を感じるというか。

昔、いろいろプレゼントをいただいたとき、そこに男性による女性の「支配」の匂いを感じたんです。それがトラウマとして残っているんでしょうね。

乙武　いただいたものが、すごく欲しかったものでも？

三浦　うん。何かね。

乙武　男性からのプレゼントにそこまで強い拒否感を抱くことに驚かされるのですが、

逆に「私はジェンダーに縛られているな」と感じたりはしませんか。

三浦　そうですよ。私は、いってみれば「女」のかたまりです。女から抜け出している、なんて言うつもりは全くありません。だから、周りからしても扱いにくい瞬間はあると思います。仕事中は全く別のテーマを論じているからそういうものはあまり出てきませんが。「支配」の話でいうと、ジェンダーが逆になった有閑マダムが若い子を飼うモチーフって映画にも小説にもたくさんありますよね。そういうパターンって、若い男がだいたい破滅していくストーリーが多い。岡本かの子の『老妓抄』では、自分の所有している不動産に、夢を持っている若者を飼う老妓が出てきます。単に食い扶持を与えているだけだけれど、最初意気軒昂だった男性は次第に魂をなくしていって、その男がふらふら遊んではぶらりと帰ってくるのを、老妓は内心口惜しいと思いながらじっと見ている。それは「飼う」＝「支配」することのマイナスの側面です。男女ともに、飼われたらダメになるんではないかと私は思うのです。

だから、私自身、割と男性の食事代を持つことがあります。交代でおごるとか。おごられ続けると関係はいびつになりますから。

結婚することで、自由になれた

乙武　三浦さんは、結婚したことで自由になりましたか?

三浦　自由になったと思います。

乙武　その自由は、結婚による心の安定といった意味合いなのか、それとも実家を出たことによる自由という文脈なのか。

三浦　結婚の前、一年間一人暮らしの態《てい》で東京に部屋を借りていました。そこに事実上は一緒に住んでいたから、自由はすでにあったんですけどね。さらに自由になったかな。

乙武　それだけ保守的だった家庭のなかで、二十一歳の女子大生が「結婚します」と報告したときは、親御さんの反対もあったんじゃないですか。

三浦　夫と付き合い始めたのは大学の三年の夏頃で、すでに彼は外務省の内定をもらっていました。就職も決まっているし、とにかくジェントルマンなので、母も彼を気に入っていました。むしろ、大学四年の私が将来も定まらないことのほうが不安だったんじゃないかな。

乙武　そして結婚されて、大学院に進んだわけですよね。最初のお子さんを宿したのは大学院に在籍していた頃?

三浦　二〇〇九年、ちょうど博士課程四年目のクリスマスに帰省した時に分かりました。その年の九月に博士論文をいったん提出して、部分修正して再提出することになっていたんですね。論文の再提出はよくあることで、さほどのプレッシャーではなかったのですが、つわりを抱えながらの作業は少し辛かった。なんとか頑張って、三月に再提出しました。その後ひと月の、母親としてだけ過ごしたのどかな日々は、今も懐かしく覚えています。最後の思い出は、桃林を見に山梨に行ったことでした。ライトアップされた桃の花を見ながら、次に来るときは子供連れだね、なんて話していた。

四月の中旬に破水して緊急入院をして、まもなくその子は亡くなってしまいました。当時は「自分が博論の執筆で無理をしたから亡くなったんだ」と思っていたけれど、早産をくり返しやすい体質だったことが後から分かった。

乙武　男性の私は女性の妊娠や出産に関して本当の理解も共感もできないのですが、おなかの中に命が宿ったことが分かった時点で、大きく価値観が変わったり、母性が芽生えたりするのを感じましたか？

三浦　一人目の時は実感がありませんでしたが、二人目の時はよくわかりました。自分の下腹部に、違う命が存在していることが、かなり早くから理解できたんです。女は歳を重ね、経験を重ねた方が自分の身体に敏感になるものです。軟式テニスボールをしっかりストッキングに包んで下腹部に巻いていたら、その存在に気づきますよね。それが皮膚の内側にあるのとだいたい同じ感覚です。

乙武 なるほど、そういう感覚なのか。

三浦 ちょっと動きづらくなってね。子宮がどんどん膨らんでいくので、存在感は次第に大きくなりますし、一回お産をすると、いろいろ理解できる。私の中に母性が生まれたのは、はじめの子供が生まれた瞬間だったと思います。

乙武 先ほど少し触れられていましたが、一人目のお子さんを早産で亡くされた当時、自分を責めた？

三浦 それは、破水した直後はありましたね。自分だけ生き残ったことに対する本能的な違和感も時間がたつごとに押し寄せてくるようになった。でもね、お産のときは違った。二十二週まで育った命と、お産を通じてきちんと触れ合えたことに対する感謝の気持ちのほうが強かったんですよ。ある日いきなり娘がいなくなるのではなく、きちんと対面できたことに。お産は百人いたら百通りあるし、同じ人でも毎回違う。だから一概に語りにくいものでもあります。感謝、と言いましたが、あの時は感謝に加えて満足感さえあった。

分からないでしょう？　子供を亡くしたことのない人から見て、「無理をしたから子供を早産した」という風に私が自らを責めるだろうと考える光景とは、少し違うんでしょうね。

乙武　それは、もちろんです。

三浦　破水してしまったので、かかっていた病院に行ったら、「羊水がほぼ残っていない」と言われました。その時点で多くの親はあきらめて、陣痛促進剤を打って胎児を外に出すそうです。もちろん、そこまで脆弱な早産児を集中治療する設備がない病院なので、胎児は助かりません。でも都内にはいくつかNICU（新生児集中治療室）を持った病院があって、そこに行けば、命が助かる可能性は僅かながらあると言われました。ただし、集中治療室は往々にして満杯だったりする。受け入れてもらうには、早産児が障害をもって生まれてきてもよいし、その子を育てる覚悟があると親が言明し、助けてくれるよう懇願する必要があります。さらに、大前提として、絶対安静のままMFICU（母体・胎児集中治療室）でお腹の赤ちゃんをお腹で少しでも大きくするよう治療を受けることに耐えるだけの母親の体力があるかということも関連します。私は夫と短い問話し、受け入れ先を見つけてくれるよう医師に頼みました。待つ時間が途方もなく長く感じたけれども、日赤医療センターが受け入れると言ってくれたので、救急車で搬送されました。しばらく陣痛を遅らせる張り止めの点滴薬を投与し続けて経過を見ることになった。しかし、赤ちゃんはお腹の中で亡くなってしまいました。そして、お産を通じて対面した。

乙武　その赤ちゃんにお名前をつけられていたんですよね。

三浦　珠ちゃんね。妊娠十九週のときに、胎児計測で性別がわかったので、そのときに名前をつけました。

乙武　一人目の赤ちゃんを亡くされて、「しばらくはやめておこうか」となる場合と、「すぐに次のチャンスを」となる場合と、両方あると思います。三浦家の場合はいかがでしたか。

三浦　一人目の子については、稀なケースだったので「次に妊娠したら、すぐに来院してください」と言われました。それを告げられた瞬間は、一人目の子のことで頭の中がいっぱいだったから、「赤ちゃんが亡くなったばかりなのに、何を言ってるんだろう」と思いました。でも、そのアドバイスは当たっていました。身体が回復すると子供が欲しくなるんです。その年の秋には妊娠していました。その後、日赤医療センターにはほんとうにお世話になりました。根気強く毎週診療を続けてくれて。

乙武　「男は卑怯」というお話がありましたが、子育ての過程で「男はずるいな」と思うことはありましたか？

三浦　産後すぐは、ひとりで育児を担っていたので、それは辛かったですね。私は安静にしなければいけないリスク妊婦だったから、妊娠中期からは車椅子生活をしていて、家の中ではほとんど横になっていました。身体の多くの筋肉が衰えてしまい、体力も落ちていた。夫の仕事が忙しかったこともありますが、あまり力にはならなかった。でもね、そのときに我慢に我慢を重ねるのではなくて、割り切って外の人手を頼ればよかったと今では思っていますよ。

その頃は本能的にそういう気分になれずに、自分で抱えこみがちでした。それにそういう「人に頼る」文化がありませんでした。母のちいさい頃には家にお手伝いさんがいた。でも、時代が豊かになって専業主婦も増えると、あまりそういう人手を頼むことは一般的でなくなったんですよね。

最近周りの四十代、五十代の男性が、よく「もっと子育てを手伝えばよかった」とおっしゃるんですね。そんなに大変だったとは知らずに、あとから反省するみたいです。

乙武　それって、三浦さんがおっしゃっていた「私、なんでウェディングドレスを着ちゃったんだろう」と同じことじゃないかと思うんです。当時の価値観では「男性が育児に関わらないこと」は当たり前だったし、罪悪感もなかったけれど、新たな価値観に出会って、その価値観が社会に浸透しはじめて、「そういえば俺、なんであんなことしなかったんだろう」と反省すべき自分に出会ってしまう。

三浦　なるほどねえ。

乙武　昨日ね、ちょうどそんな話を同世代の友人としていたんですよ。彼にも離婚歴があるんですが、最近になって年下の彼女ができた。その彼女というのが、フェミニズムに興味があるそうなんです。まあ、私もその友人も、これまで女性を尊重してきたかと言われれば、そこは反省しなければならない点が多々あるわけで。でも、このタイミングでそうした態度を改めないと時代に取り残されてしまうし、その彼女にも遅かれ早かれフラれてしまうのでは、なんていう話をしていたんです。

三浦　乙武さん自身もそう？

乙武　そうですね。あと四十年ぐらいは生きるだろうし、これまでの価値観や態度をアップデートしていかないと、あっという間に〝老害〟になってしまう。ちょうど、さまざまなことを改めているところです。

三浦　人間は変われますからね。他人を変えようとするのは難しいけれど、本人が変わろうとすると案外変われるものですよね。

乙武　その点、古市さんなどは女性に対する接し方も新世代だな、と感じます。芥川賞の候補にもなった小説『平成くん、さようなら』も、女性がよく描けている、と三浦さんは評価していましたよね。

三浦　ああ、そう思います。本人に「女性をよく描けてるね」と伝えたら、「本当ですか？　あれ、僕にとって都合のいい女になりすぎていないかと心配したんですけど」と言っていました。以前に付き合っていた女性がこう思っててくれたらよかったな、と思いながら書いたそうですね。

子供を失うという経験と、私の言論との関わり

乙武　国際政治学の道に進んでいわゆる政治評論を始めたのは、お子さんが生まれてからでしたよね？

三浦　そうです。個人の体験は職業人としての態度にもつながっていたりしますよね。博士論文であり最初の著書になった『シビリアンの戦争』だけが、子供を産む前に書いた作品です。あの本を読んで、母性を感じるとおっしゃる方が意外と多くて驚いているんで

す。死んでいく兵士へのまなざしを持つ作品だからでしょうか。

もし自分が子供を失う経験をしていなければ、私の言論はあの本で探り当てた鉱脈である理論的な「発見」の部分までしか辿り着けなかったかもしれない。博士論文から著作にしていく中で、本質的に書き換えた部分はないけれど、博論における自分の発見を推敲していく中で、より深く理解していく作業でした。その過程で、母であることは何らかの影響を与えただろうと思うんです。

もちろん、私の能力が母親になったからといって高まったわけではないけれど、自分が生み出したものをより理解できたかなと思って。

乙武 なかなか私には理解しにくいところですね。

三浦 原理原則だけでは立ちいかない政治の現実との向き合いかたは、人生の不条理を経験した量によってだいぶ変わってくると思います。子供を持つことに限らないんです。私たちが感じる不条理は、あまりに多いじゃないですか。そういった部分を含めて、人にどうやって伝えられるかが、物書きとしての私の課題です。いま何かを書く時には「あの人に分かってもらえるように」という判断基準を心の内で大事にしています。割烹《かっぽう》のおかみさんだったり、寿司屋の大将だったり。

乙武　三浦さんはご著書の中で、自分の政治に関する思想を貫くものを、コンパッションと定義されていましたよね。単純な和訳でいうと、哀れみや思いやり、同情や共感といった意味です。

三浦　日本語にすると、どれも少しニュアンスが違うんですよね。寄り添い、同情しつつも、もう少し大きく全体にとっての最適解を求めてともに苦しみつつ考えると言えばよいのでしょうか。

乙武　いつごろから、このコンパッションという理念にたどり着いたのですか？

三浦　分からないですねえ。半分はもともとの性格なんだと思います。文学少女が理系に進み、政治学に飛び込んだわけで。政治学の外側からコンパッション的な性格を持ちこんだつもりですが、人生の様々な経験というものがいまの自分の言論を形作っているんだろうとは思います。最初から国際政治学者を自分の職業にしようとは思わなかったから、先人の作品には学んだけれども、はじめから「既存の理論の穴はどこにある？　そこを掘っていこう」などとは考えなかった。

乙武　「人々にその考えが届くように」と意識することは、学者たちがおろそかにしがちなところですよね。

三浦　ええ。それは怠りたくないですね。内政から外交を見たり、世の中の構造的変動と内政の組み合わせが、社会全体に与える影響を見て、世界のこれからを分析するのが仕事だと思っています。いわば、全体のガバニング・ダイナミクスを見ること。人間の活動の総体を見ること。

乙武　学問は、「これが得意だから」とその道に進む人も多いけれど、「これがわからないから」「これを知りたいから」という理由があってもいいですよね。

三浦　そうですね。人間が知りたくて、人間が面白くてやっているという感覚ですね。

乙武　結局、戦争も政治も、人間がするもの。

三浦　戦争は人間が極限状態で行うことです。一方で、日常的に人間が行うことが政治です。私は、学問分野で研究対象を選ぶのではなく、「人間とは」と考える過程でその都度取り上げたいテーマを決めてきました。国際政治理論から政治評論にまで拡大したのもそういうことです。

戦争をテーマにした博論

乙武　博士論文のテーマになぜ戦争を選んだのでしょうか。

三浦　イラク戦争が同時代にあったことが大きいですね。修士課程では政軍関係を研究し、シビリアン・コントロール（文民統制）に関する研究論文を書いた。その二つが組み合わさって戦争に関する理論に繋がったんです。

修士に入ると、元イスラエル大使の茂田宏先生が外交政策のゼミを持っておられました。このゼミ生は仲が良くて、今でも先生、ゼミ生ともども繋がっているんですが。彼は安全保障に造詣が深く、とてもパッションの強い人。研修がロシア語でしたのでソ連畑でした。ソ連という自由のない体制と対峙してきただけに、正義感が彼を貫く発想となっているように思います。その人のもとでひとつ論文を書いたんですね。シビリアン・コントロールの改革課題について。そうすると、そこからさらに取り組みたいテーマが出てきました。それが、『文明の衝突』で知られる国際政治学者サミュエル・ハンチントンが書いた最初の博士論文であり書籍になっている『軍人と国家』に反論するということでした。

乙武　反論ですか？

三浦　現実政治を踏まえると、彼の理想には矛盾があることを示したかったんです。ハンチントンが理想としたのは政治と軍の分断です。まるでプラトンの『国家』を彷彿とさせるような、虚飾に満ちた世間と離れて集団で質素に暮らし、プロとして誇りをもって戦う軍、といったようなイメージは現実には可能ではない。シビリアン・コントロールを徹底させるためには、軍と政治は近づいたり相互に干渉したりする必要があるのではないかと。彼自身、新たな兵器体系を導入するような大きな決断をする場合には、陸海空それぞれのライバル意識を活かして政治が軍に干渉し、軍もそれぞれロビー活動をすることでかえって政治が軍を分割統治できるという論文を書いたことがあるんですね。現実政治から導き出した解と、理想的な理論解は、まるで真逆じゃないかと。

勉強を深める過程で、私は冷戦後の軍があまりに虐げられていることに気が付きました。「大統領は、間違える権利がある」という主張にそこで出会ったんですね。民主的な正統性を有する大統領は、政策判断を間違えてもいいんだと。それでも軍は政治に従うべきだと。これは、軍を嫌がる戦争に追いやったり、プロのアドバイスに反した判断を通じて多数の犠牲を出すような大統領でも、シビリアン・コントロールはゆるがせにしちゃいけないんだという含意でフィーバーさんという研究者が使った言葉です。私はここにひっかかった。

冷戦中の核戦争の恐怖の中で、キューバ危機のときのような重い決断を文民指導者に委ねるという意味ならともかく、冷戦後の、自らが危険にさらされない状態で行う軍事作戦では大統領に判断を間違える権利なんてあるんだろうか。そうしたエッセンスを藤原帰一研究室で書いた修論に盛り込んだら「ここが博士論文になりうるテーマでは」とアドバイスされ、戦争の歴史を改めて浚《さら》いました。その試行錯誤が『シビリアンの戦争』にたどり着くことになりました。

戦争に関心を覚えたというより、「誤りをこのままにはしておけない」という、正義感のようなものが原点にあります。世の中で、その時に一番重要だと思ったことに正面から愚直に取り組む、というのが私のスタイルです。イラク戦争をとりあげたのは、アメリカのイラク戦争と、戦争をもたらすようなシビリアンの好戦的な態度が、当時の国際平和にとって最も脅威だったからです。

大学を離れてみて

乙武　三浦さんは、現在は大学を離れられたんですね。

三浦　ええ。東京大学を離れて、自分のシンクタンク（山猫総合研究所）の代表に専念しています。意識調査とか、いろいろ面白いことをやっていますよ。

乙武　アカデミズムの世界でも、いろいろ人間関係はややこしいと耳にします。

三浦　ややこしくないと言えばうそになりますが。ただ、東大時代は兼業にかかる規定が厳しかったけれど、これで制限は一切なくなり、調査研究活動の成果の帰属も明確になりました。もちろん会社の売り上げの中から調査費を出さなければいけないわけですが、何らかの公費や助成金ではなくこちらの費用で人を雇えるというのもずいぶん楽になりましたね。人のお金をもらうというのはしんどい作業です。それが税金を財源とする公的助成金であれば猶更のことです。むしろ、自分で寄付して大学に研究費を入れて人を雇いたいぐらいだった。

でも、大学にいれば調査にしても海外渡航にしても、自分の一存でできるわけではありません。勤め人であることと、ある種のオーナーシップをプロジェクトに対して持つことは両立しない場合がある。成果の発表方法も意のままにならなかったりします。要は、上に可愛がられなければ結構しんどい職場なのです。大学をやめたことのプラス面もマイナス面もありますが、プラス面があること自体は、意外に知られていない気がする。

アカデミアの世界は、「トランプ現象」以降、少し感情的になりすぎていたというのもあります。もちろん人それぞれですが、例えば研究者だからといっても、専門が違えばトランプ政権の経済政策の意味合いやインパクトは論じられないことがままあるわけですが、政策をきちんと調べてもいないのに断定したりする人がアメリカでも増えています。減税政策は分配政策ではない。成長戦略の観点から採点しなければいけない。オバマケアが廃止されたら、結局、貧困層向けのメディケイドはどれだけ拡大し、連邦政府や州政府の財政負担はどれだけ増減するのか。教育費控除のような案は、そもそもどのような政策的理念の系譜から出てきたのか。このような基本的なことが論じられずに、政治的風刺画をスライドで見せて、トランプは弱者の敵だというメッセージをくり返すだけならば、そもそも研究者である意味がない。だからこそ、血流を循環させるために独立のシンクタンクの存在が必要だと思いました。この世界ではノン・プロフィットが重要なんじゃない。インディペンデントであることが重要なんです。

自由になったというか、肺に息を吸い込める感覚です。村社会は昔から苦手なんです。

橋下徹さんのパッション

乙武　今、政治で最も興味のあるテーマはなんですか？

三浦　日本の政治だったら安全保障と日米関係ですね。日本国内は、アメリカに対する意識でイデオロギーが分断されています。それが左右対立の根底にあるから、政治が安定している。でも、今の時代は国際情勢が動きます。静的な構造分析以外も面白くなってくるでしょう。正直に言うと、政治を観察しているのがまだ楽しいんです。人を見極める作業だから。この人は政治家として本当に「なにか」を持っているのか、そうでないのか、とか。そのうち飽きてしまうかもしれないけれど。

乙武　政治家の評価の基準はどこに置いていますか。第1章で女性政治家のお話をしていただいていますが、三浦さんが望む社会の実現にこの政治家が寄与してくれそう、あるいは妨げになりそうといった観点から評価をしているのか、それとも主義主張とは全く別のところで評価しているのか。

三浦　政策や思想が違えども、尊敬できる人というのはいます。しかも、私はそれぞれの主義主張の政治家がいることがいいんじゃないかと思っているから、例えば成長重視の政党と、分配重視の政党とが健全に競い合う環境がいいと思っています。ただ、私自身は明確な政策志向を持っています。社会主義的な政策をとろうとする政治家とは意見が合いませんね。経済成長や弱者への適切な分配といった、国にとって必要な大きなお題目についての姿勢があまりにもおかしかったら評価は低くなる。

政治家の原点は情熱だと私は思っています。歴史として今を振り返るとき、多分歴史家が気にするのは、安倍首相のパッションが本当はどこにあるのかということであり、功罪併せて何を日本にもたらしたかということ。それが評価の本質ですよね。

私は同時代の人間も、そういう風に見ている。だから好き嫌いよりも人間観察が先行するんです。私はロビイングをする人間ではありません。やるべきだと思ったことを、単に一般の世の中に向けて言ってきただけです。政治家と接点を持ち、話すことはします。助言を求められれば、助言します。けれども、政治家というのは私にとってまずは観察対象であり、分析対象なんですね。

乙武　三浦さんから見て、橋下徹さんのパッションはどこにあると思いますか？

三浦　ああ、彼のパッションは合理的な実力主義の社会です。そこにはいろんな意味が含まれていて、まずフェアネス。同和問題や朝鮮人といった差別のない社会、弱者が強者にいいようにされない社会を目指しているということです。既得権打破という言葉をよく使うので、壊し屋のように見られますが、それは政治的な戦いの側面であり、彼の理念というわけではないでしょう。彼が政治家として活躍した時代において大阪における主要な課題がコストカットであっただけで、本当はいわゆるコストカッターというわけでもない。その時に経験したことで人間は形作られるのですから、新たな課題が芽生えれば、コストカットではなくまた別のことをやるだろうということです。

橋下さんが弁護士になろうと思ったきっかけは、学生時代に騙されて訴訟沙汰に巻き込まれたからだと言われていますよね。この話はご本人からきちんと聞いたことはないんだけれども、そう言われている。橋下さんは乙武さんの先輩で、早稲田大学の政経学部出身。学生の頃に、強者が弱者をいいようにすることは本当の実力主義じゃないと強く感じる体験をしたわけです。だから差別には反対するし、弱者や子供は守るし、不法行為や不埒な行動は許さない。その部分で口は悪いけれども正義感が前に出た人なんですね。その正義感が、自らの実力を恃《たの》んでいる強さと相まって、「イキイキとした実力社会をもたらしたい」という理念につながっているのではないでしょうか。弱者認識や反権力に終始するのではない「フェアネス」という意味で、左側からは批判されますけれども、大方の判断は公平です。一部に反発がある大阪都構想も、その根っこには合理主義とフェアネスがある。大阪「市」がこれほど大きいことが、果たして正しいのか。住民サービスとして十分に合理的に設計されているのか。こういうところから彼の発想はスタートしている。

乙武　橋下さんにとって、合理主義はとても大切な価値観なのでしょうね。

三浦　そうです。合理的でないことを言う人は、彼とあまり対話にならないでしょう。

一緒に対談本『政治を選ぶ力』を作りましたが、よく話し、かつよく話に耳を傾けてくれましたよ。実は公務員の話をよく聞く人であるという評判も知事・市長時代にはありました。最初の打ち出しがいわゆる常識から乖離していたり、決断が当初の助言とぜんぜん違うものになる場合があるだけで。

公平さと判断力。それらは間違いなく彼の武器です。根っこに正義感とフェアネスがあるから、私は彼を評価するし、活躍してほしいと思っています。だからといって、人間なんだから万能とは限らない。時々変なことも言うし。

堺屋太一さんは橋下さんにほれ込んでいましたよね。彼にしっかり意見を言える人、耳の痛いことも含めてアドバイスする人は今後も必要です。ああ、これ読んだら怒るかな（笑）。でも、それくらいのことを言われたいかもしれないですね。

乙武　合理主義で、かつ熱い政治家がお好きなんですね。

三浦　まあそうかな。それから、人間としてのかわいさは大事ですよね。

乙武　主義主張の是非はともかくとして、橋下さんの他にパッションを感じる政治家はいましたか？

三浦　お会いしたことはないけれど、石原慎太郎さんにはそういうものを感じたことがあります。数年前に都知事在任中の築地市場移転問題で会見を開いたとき、私は週刊誌やブログに記事を書きました。会見場や番組内で彼に集まった批判には共感できなかったから。自分で論理を通す政治家は好きです。女性はまだ見つかっていないなぁ。ヒラリーは好きですよ。彼女のパッションはすさまじいものがある。「何がコアにあるか」という問いが重要なんです。立憲民主党の辻元清美さんは、安保や経済まで大概意見は食い違うけれど、「なにか」があると思う。彼女のコアに多様性に対するパッションがあることは明白です。そのテーマの時は顔つきが違うもの。

乙武 石破茂さんは？

三浦 好きですよ。日本を自立させたいという点に、強いパッションを感じます。経済政策はずれるところがあるかもしれないし、全ての政策について考えをお聞きしたわけではないですが。安倍さんは明確に、戦後レジームからの脱却を信じていると思います。議員は引退されましたけれど、高村正彦さんの温厚さの中にある判断力と正義感も好きですね。対談本を出したこともありますが、何時間しゃべっても話題が尽きませんでしたね。高村さんは橋下さんの対極にいる人なんだけれども。

乙武 若い方の名前が出てきませんね。

三浦　そうですねえ。元気な方々はたくさんいらっしゃるんだけれども。政界の次世代リーダーはあまり多く見当たらないと言われていますよね。

乙武　小泉進次郎さんは、どうでしょう。

三浦　彼との接点はまだそんなに多くありませんから、人間解剖をもう少ししないと本当のところどういう人なのかはわからないですね。でも、彼が背負ってきたものの大きさは、人には分からないだろうと思いますよ。出役をやって、時に憎しみを一身に浴びる人間だからわかる部分は少しだけあるけれども。

乙武　有能で情熱のある次世代リーダーは、政界ではなくて実業界にいて、ベンチャー企業を立ち上げたりしているのかもしれませんね。

三浦　そうかもしれません。政界って結局は二世三世じゃないと難しい世界だから。

乙武　そんな中、二世ではない橋下さんはよくやっている？

三浦　あの人には、ずば抜けた何かがありますからね。もちろん毀誉褒貶《きよほうへん》が言われるのが政治家の常です。歴史上の偉大な人物とされるチャーチルは酔っ払いで多くの判断が間違っていたし、保守党の大物首相となったサッチャーも頑迷な人だった。いってみれば大物の政治家というのは結局どこかが過剰で、ほかは「普通」なんですよ。ただ一つ言えるのは、国を長期間運営するのって難しいんだろうな、ということ。国政レベルの政治の教養を身につけるには、きっと長い年月がかかるものなんじゃないですかね。

安倍首相の強さ

乙武 国政レベルの教養とはなんですか。

三浦 穏当な政治判断にたどり着く行動様式や思考方法であったり、政策を実現するための手続きを理解することです。これは経験が必要な部分ですよね。自民党の凄いところは、それを長い年数かけてじっくりと仕込まれた議員の層が比較的厚いこと。カリスマファクターを除けば、国政レベルでの教養を政治家に仕込む教育が行われている。ただ、判断力を養うためには政策の中身の理解も必要ですよね。するともっと育成に時間がかかる。そして、あとは国政規模での組織作りと候補者の発掘ですよね。

乙武 それだけ多くの要素があるのなら、これから十分に改善できる余地があるということですね。

三浦 ええ。私が橋下さんに関して良くないと思うのは他人に対して「チョロネズミ」なんてひどい表現をやたらめったら使うとこかしらね。

乙武　ムダに敵を増やしてしまいますもんね。

三浦　乙武さんは進次郎さんと面識があるんですか？

乙武　そうですね。何度かお会いしていますが、彼は私のマネージャーの名前まで覚えていて、いつも声をかけてくださる。ああ、さすがだなと。

三浦　あの感じがなかなか他の政治家にはないのは確かです。実は、政治家に対する意識調査をすると、きちんとした知名度があり、世に個性が知られているのは、進次郎さん、石破さん、橋下さんくらいしかいないのです。菅（義偉）さんも岸田（文雄）さんも河野（太郎）さんも、彼らには及ばない。

乙武　安倍さんはどうですか？

三浦　安倍さんはその中では最も強い候補です。好悪がしっかり分かれていて、明確なイメージがついている。実は、あらゆる点で好感度を勝ち得る必要は全くなくて、イメージがついていることが首相候補としては最も大事なことだろうと思います。アンチも含めて、関心が高いということだから。安倍さんは相性が悪くなさそうな人には、積極的にアプローチするし、そこはとても上手だと思います。橋下徹さんと小泉進次郎さんが大衆的なアピールを基本軸においているのとは対照的です。そういう政治家はそもそも国会にはほとんどいないんです。まさに二人は時代の申し子ですよね。乙武さんの話をすると、乙武さんは障害者という象徴性を背負ってもいるし、同時にそれを超えた個性でアピールしてきたから大衆的アピール向きじゃないですか。もともとマスマーケットに向かって出した本で世に出た人ですし。そういう意味で、選挙に出馬した場合、有権者とどう向き合ってコミュニケーションをとろうと思いました?

乙武 最初の数年は、マスに頼ったコミュニケーションは避けようと思っていました。私のような若造が、小泉さんみたいに家柄がいいわけでもないのにマスに向けて語り始めてしまうと、党内からも「あいつ、なんなんだ」と反発があるだろうと予想したんです。それこそ〝雑巾掛け〟じゃないけど、「ちゃんと政治の世界でやろうとしてるんだな」と理解していただくために最初の数年は費やすべきだなと。マスに語りかけていくとしても、その後だろうなと。

三浦 それは当時の乙武さんならそうしていたんでしょうね。今はどうですか。政治にはまだ興味がありますか、それとも無頼派になりましたか?

乙武 政治の世界に進んだ自分を想像しないようにしています。考えるほどに虚しい気持ちになってしまうんでね……。

第4章　大きな挫折から学んだこと——乙武洋匡

自分本位に生きてきた

三浦　今度は私が乙武さんに質問する側になろうと思います。ここまで、私自身の女性についての考えをお話ししてきましたが、同じように乙武さんの意見も聞いてみたいですね。まあ、こうやって時間をかけてお話ししてきて感じたのは、乙武さんは意外とマッチョですよね、ということ（笑）。

乙武　そうなんですよ（笑）。この年になるまでマッチョ体質で来て、いまは反省しているところです。ただ、凝り固まってしまったものを変えるのは大変ですね。安易に「生まれ変わる！」なんて言葉は使いたくないし、積み重なってきたものから逃げてはいけないなとも思っているところです。

三浦　乙武さんは、女性のどの部分を愛するんですか。

乙武　いきなり、そこからですか！

三浦　容姿とか、たたずまい？　言葉のかけかた、思いやり、応答の仕方とか？

乙武　ありがちな答えになりますが、私を全面的に受け入れてくれるかどうか、ですね。社会的には三年前まで聖人君子のように思われてきた私ですが、そんな立派な人間でないことは自分が一番よくわかっているわけです。だらしないところ、醜いところ、もちろんたくさんあるんだけれど、そういうところをまず見せられる相手かどうか、そして受け入れてくれる相手かどうか。ああ、この人は受け入れてくれるんだなとなって、初めて愛せるというか。

まあ、こうして話していても本当に自分本位なんですよね。このあたりが三浦さんにマッチョだと言われてしまう所以《ゆえん》だとは思うのですが……。

三浦　女性に全面的に受け入れられるということの意味は何となく分かります。多くの男性にとって重要なんだろうなと思います。ただ、そこから一歩踏み込んで、かつて自分のことを全面的に受け入れてくれていたパートナーが、ある時、自分を受け入れられなくなる。その心の変化についてはどう感じていましたか。すぐに諦めがつくか、それとも未練があり時間をかけて理解していく？

乙武　後者ですね。他の男性がどうかはわかりませんが、長い年月をかけて、諦めに到達していく。もうこれは戻らないなと徐々に感じていくものです。

三浦　最後はすっと身を引くでしょう？

乙武　はい。そうですね。

三浦　ええ。考えていたんですけれどね。男女がうまくいかなくなった頃からすっと身を引くまでに、男性からもっとできることはあったんじゃないか、と。相手が求めているものを察知するとか。

乙武 本音と言い訳の比率が自分でも整理がつかないですけど、「その通りだ」と思う部分と「それは無理だよ」と思う部分とがありますね。メディアに出る際には車椅子の上でしゃべっているだけなので、みなさんにはそう不便さを感じさせていないかもしれませんが、そうはいっても自分ではトイレに行くことも風呂に入ることもできないわけです。そうした中で相手が疲弊していくのを見るのは、やはり自分としても忍びないものがある。ただ、だからと言って視線をよそにずらすというのは、あきらかに私の弱さなんですよね。

三浦 ご指摘の「もっとできること」については、そのあたりの克服になってくるのかなと。おじいちゃんおばあちゃんが一緒に住む大所帯で、複層的な感じで面倒を見ていくという関係を作りつつ、お手伝いさんもお願いする形が最高だったのかもしれませんね。

乙武 もちろん、それはそうだと思います。ただ、物理的な手助けが必要であるという話とはまったく別のところで、私のパートナーとなる人が家庭の中に他者を入れることに抵抗を覚えるタイプなのか、そうでないタイプなのかということもあるので、非常に難しい問題ですね。

三浦　乙武さんは『五体不満足』があれだけ売れたし、それ以降も様々なことに挑戦して自己実現できた人です。そういう意味では自己実現することに対しては貪欲でいられた人。それが阻まれた状態で愛する人と一緒にいても、息が詰まってしまうんじゃないですか。

乙武　ええ、たとえパートナーとの穏やかな生活を享受できていたとしても、私自身が目指す社会の実現のために動けていないという状況は、苦しくはあります。まあ、贅沢な話だとは思うんですけど。

三浦　でもね、それは乙武さんだけに起こっていたことではないんですよ。専業主婦として家事を担っている女性の多くが感じている状況と、イコールではないけれど少し似ています。一人の人間としての自己実現の夢を諦め、妻として夫に尽くす。かといってその夫も自己実現が十分にできず、かつて妻に対して持っていたような愛情さえ失ってしまう場合があるんです。もちろんそこに留まることは許されているし、確実に居場所はあるのですが、ある時ふと「あたしなんのために結婚したんだっけ……」と思ってしまう。自己犠牲の感情と向き合う中で、行き詰まっていくんです。いい人でいようとすればするほど、自分が自己実現からどんどん遠ざかっていってしまう。そういう思いをしていたのは、奥さんもなのかもしれない。これはある種の呪いなんだと思うんですよ。

乙武　呪いですか……。

三浦　こういう感情を一時期の私も持っていました。今は仕事も家庭も成功しているように見えるかもしれないですが、私たち夫婦も相当なアップダウンがありました。現在は理想的な状態にあると思っていますが、これは私が一度、夫の面倒を見ないようにした時期があったから実現した形です。

乙武　面倒を見なかった。それはどういう状況なんですか？

三浦　かつてやりすぎていたことを一回全部見直してみるということですね。私は付き合う男性の存在を完全に受け入れてきたタイプでした。つまり甘やかしてしまう。でもその結果として男性がダメになってしまうこともある。このパターンを何度か経験したことから、私も学んだんです。結局、女性の側が全てを受け入れていると長続きしないと。特に子供ができて以降は、夫よりも子供の方が優先度が高くなります。子供ファーストの状況の中で、子育てに限らずいろいろやってくれない夫に対する不満が積み重なる。

もちろん夫には仕事があるから、仕方ないところもあるのはわかる。でも互いに「察してほしい」と思って黙っているだけでは、伝わらない。結局、そういった不満は自分の中に小さく折り重なって溜まっていくのです。私の周りでも、子育ての過程でそういった澱《おり》が積もりに積もって関係が壊れていく夫婦がいました。

乙武　三浦家は、その状況をどうやって乗り越えたんですか。

三浦　私たち夫婦が新しいステージに移行できたのは適度な距離感を作ったから。私たちはお互いに対して友人のようだし、礼儀正しいと思う。嫌味をぶつけ合うこともほとんどないし、そもそも「誰と飲んできたの」ともあんまり訊かない癖がある。そこは対等だから。聞きたくなっても、だいたいの場合はあえてそこを自制する。話したけりゃ自分から話すでしょうからね。ある程度自制はするけれど、何でも相談するし、冷たいわけではない。それが私たちの最近たどりついた最適な解です。

乙武　それってお互いに遠慮してません？

三浦　遠慮はありますよ。でも休日はずっと一緒にいるし、オフィスはシェアしてるし。そのくらいの距離感を取らないと束縛しすぎて嫌じゃないですか。最近はまた彼の洋服を選んであげるようになりました。べったりと寄りかかるような関係は長続きしない。この「孤独に耐える」というのが鍵なんだと思います。本当だったら、「ちょっと帰り遅くない？」と言いたいところを、友人に近い距離を保つ。とても効きますよ（笑）。

乙武　それには、かなりの信頼関係が必要になってきそうですね……。

三浦　乙武さんは、少なくとも自分の側がある種自由に恋愛をしてきたわけですよね。そもそもそこが対等じゃないんです。寛容さという意味では、少なくとも乙武さんを愛する人なら、ありかもしれないですよ。いずれにしても子供がかかわってくると、本当に難しくなるんです。私たち夫婦だって本当に自由に生きているわけじゃない。子供を幸せにし、子供を優先しなければと思っていますからね。

少し年月が経った時に、乙武さんに信頼できるパートナーが現れて、子供の話になったときに、「もう同じ過ちを繰り返さないように、子供は作らない」となるのか、それとも「今度は子供を作ってもパートナーとうまくやっていくようチャレンジする」となるのか、悩まれるのではないかという気がします。

義足プロジェクトに取り組む

三浦　乙武さんは、二〇一七年からソニーコンピュータサイエンス研究所と共同で「義足プロジェクト」に取り組んでいますよね。先日、乙武さんが義足を装着して立っている写真を見ました。あの義足を足に装着するのは、とてもきつそうですね。

乙武　おっしゃる通りで、かなりしんどいです。まず義足装着時の締め付けがきついんです。ソケット部分が吸着するタイプなので、小一時間ほど練習して外すと、足の先が鬱血して赤紫色になっている。専門家の方に聞いたところ、私が義足で歩くには三重苦があるそうなんです。まず一つは膝がないこと。人間の歩行には膝が重要な機能を果たしているので、その膝がないのはすごく難易度が上がる。ちなみにあの義足には、膝の部分にモーターが組み込まれていて、人間の膝と同等の機能を果たそうとしてくれるんです。これを使いこなせるようになるかというのが、今回のプロジェクトの最大の肝なんです。

二つめは、手がないこと。歩行に手は関係ないように思えるのですが、じつは歩行時も手でバランスをとっているらしいんですね。それに手があれば松葉杖のようなものが使えるけれど、それが私には使えません。また転んだ時に手をつくこともできないので、どうしても恐怖心が募ってしまうんですね。

三つめは、歩いた経験がないこと。事故や病気などで足を失った人は、義足で補ってあげれば歩いていた当時の経験を思い出せるのですが、私にはその感覚がさっぱりわからない。歩いていた経験がないので、ゼロからのスタートなんです。

三浦　ほんとうに。太ってもいけないんですよね。

乙武　そうは言っても、もう中年なんでね。お腹も出てくる年齢ですし。でも、筋肉をつけなければならないので、トレーニングには励んでいます。夜な夜なマンションの非常階段を、この短い足で一階から三十階まで上ったりとか。最初はそれだけで悲鳴を上げていたんですけど、最近は慣れてきたので四十階に増やしたりして。

三浦　とても尊敬する。私は意志が弱いから、乙武さんのような努力は無理そうです。今、なぜあのプロジェクトに力を入れているのですか。

乙武　まあ、例の騒動後でスケジュールが真っ白だったからというのもありますけど、一番の理由は「誰かの役に立つことに飢えていたから」ですかね。いまさら綺麗事を言うなと批判を浴びてしまうのでしょうけど、『五体不満足』出版から二十年近く、私なりに社会の役に立ちたい、人様の役に立ちたいとの思いで活動してきたつもりなんですよね。それが例の騒動によって、何もできなくなってしまった。ああ、社会的な死を迎えたんだなと。今後の人生で、もう社会のために活動することなんてできないんだなと途方に暮れていたんです。そんなときにオファーをいただいたのが義足プロジェクトでした。

三浦　そもそも乙武さんは、歩きたかったの？

乙武　いえ、正直に言えばそうした思いはなかったですし、いまでもないです。義足である程度は歩けるようになったとしても、私の生活は電動車椅子がベースになると思います。でも、世の中には「歩きたい」と思っている人がたくさんいるんですよね。特に私のように先天性ではなく、事故や病気によって人生の途中から足を失った方は、もう一度歩けるようになりたいと願っている。

これまでは歩くことを諦めざるを得なかった人も、この義足なら歩けるようになるかもしれない。少なくとも、そういう可能性が出てきた。この義足の開発者である義足エンジニアの遠藤謙さんは、そうした事実を少しでも世の中に発信していきたいと考えて、私に協力を依頼してくださったんです。ほら、「悪名は無名に勝る」と言うように、私は発信力だけはありますから。

一般的に「広告塔」と言うと、あまりいいイメージで使われる言葉ではないけれど、ことこのプロジェクトに関して言えば、私は積極的に広告塔となって伝えていきたい。それが、いまの私にできる精一杯のことだと思うので。そのためには、これまでの得意分野とは違うけれど、懸命に体を張っていこうと思うし、鍛えていかないとね。

三浦　以前、課題を見つけて努力していくのが好き、と話していましたよね。

乙武　難しい課題を与えられれば与えられるほど燃えるドM体質なんでしょうね（笑）。

まずはゴールを決めて、そこに到達するまでの課題を抽出して、その課題をクリアするための方策を考えて、そして努力する。そういうプロセスが嫌いじゃないんですよ。

プロジェクトが始まって二年が経つんですけど、やってよかったなと、しみじみそう思うんです。日々、SNSで発信したり、先日は『四肢奮迅《ししふんじん》』という書籍として経過報告をさせてもらっているんですけど、そうすると反応があるんですよね。「このプロジェクトを見て、うちの弟もいずれ歩けるようになるかもしれないと希望が持てました」とか。もう、涙が出ちゃいますよね。練習、本当にしんどいけど、そういう言葉で頑張れる。もう二度と誰かの役に立てることはないだろうと諦めてたから、それが本当に嬉しくて。

電車に飛び込もうとすら思った教員時代

三浦　乙武さんは努力家ですよね。物事の明るい方を見るし、そこは私とは真逆ですね。

乙武　そうですか？　三浦さんも努力家に見えます。私は小さい頃から「人一倍虚栄心が強いなあ」と自覚しているんです。ただ、その虚栄心が努力につながっている。「人によく見られたい」と思うからこそ、努力するんです。

三浦　それは私にもありますよ。人に好かれたい気持ちもある。ただ乙武さんほど世の中の明るい面を見ようとするタイプではないかな。私は世の中の悪をはじめに見すぎてしまったから。乙武さんは、家族に愛され、持ち前の優しさや明るさで周りの人を魅了して生きてこられた感じがするんです。ほぼ例外なく人を魅了できるから、そうでない人が周りにいると、気になってしまわない？

乙武　教員時代が、まさにそういう状況でした。二〇〇七年から三年間、杉並区の公立小学校で教員をやっていました。

三浦　そこで教員仲間からいじめのようなものに遭ったんですよね。

乙武　あの時初めて、自分が職場や組織に受け入れられないという経験をしたんです。とてつもない苦痛でした。ある朝、出勤するために地下鉄東西線の高田馬場駅のホームで電車を待っていたんです。その時、ふと「このまま飛び込んだら楽になれるのかな……」って。そこまで追い込まれていました。例の騒動の時でさえ、そこまで思わなかったんですけどね。当時はそれくらい苦しんでいました。

三浦　受け入れられない、というのは？

乙武　教員の世界は、改善しようとする人間が目障りなんです。私は仕事をする時に、現状における課題を見つけて、もっと改善できると考えてしまうタイプです。でも、誰か一人がそういう動きをしてしまうと、保護者の方から「なんであの先生は動いてくれるのに、この先生は動いてくれないのか」などと言われてしまう。だから、できればこれまで通りのことをしていきたいという前例主義に縛られた先生方にとっては、変えていこうとする者、風を吹かせようとする者が鬱陶しいんですよ。

私はいろいろ言われるのが面倒くさいと思い、職員室ではなく教室で仕事していました。ときにはわざわざ同僚の教員が教室までやってきて、「いま、みんなが職員室であなたの悪口言ってるわよ」なんて言ったりするんです。

三浦　あら、陰湿ですね……。

乙武　四月一日の赴任初日に校長室に呼ばれて、校長先生から「職員室には、乙武先生が来られることをあまり歓迎してない先生方もいらっしゃるので、気をつけてください」と言われたんです。四月の歓送迎会が終わってお店の外で待っているときに、ある先生に「よろしくお願いします」と声をかけたら、「どうせ腰掛けなんでしょう？」と言われたりね。

三浦　それは男性の先生ですか？

乙武　女性の先生ですね。以前もお話ししましたが、教員の世界はけっこう女性社会なんですよ。男性の先生方も、内心では同情してくださっていたみたいなんですが、女性の先生たちに楯突くと今度は自分の立場が悪くなるので、「応援してるよ」と私には声をかけておきながら、実際は見て見ぬ振りなんですよね。このへんが以前に三浦さんもおっしゃっていた「男は卑怯」という部分なのかも。あ、一人だけ親身になって味方してくれた先生がいらしたんですが、その方も結局は職員室のそういう雰囲気に耐えかねて、コスタリカの日本人学校に行ってしまいました。

三浦　乙武さんは、夢を持ってその職場に入ったけれど、思っていたところと違ったわけですね。彼らのような考えの人たちと同じになってはいけない、職業選択を間違えたな、と思ったりはしました？

乙武　そうは思わなかったですね。私が普通の姿形で教員になり、六十歳定年まで働くというレールに乗っていたら、私だって彼らと同じようになっていたかもしれません。私の場合、杉並区と三年間という契約だったので、「職員室でいくら嫌われたって、子供たちのためになる教育をしよう」と腹をくくれた。でも、四十年近くあの世界にいなければならないとなれば、やっぱりベテラン教師の顔色を窺うような場面も出てきてしまっていたと思います。

三浦　乙武さんがそんな扱いを受けたのは、特別視される人へのある種の反発なんだろうと思います。現状を「変えよう」とか「変えたくない」という以前の話として。特殊な才覚があって抜きん出てしまった人が、一般社会に混じろうとしたときに生じる抵抗や反発。そうなってしまった以上は、なかなか心を開かせられないんでしょうね。

乙武　そうかもしれませんね。ただ、私自身は有名であるか否かにかかわらず、担任として目の前の子供たちに何ができるか、それだけを考えていました。だからこそ、子供たちとも、保護者の方々ともいい関係が築けたのだと思います。

物事には意味があると考える

三浦　どんなに頑張っても、歓迎されない状況を変えられなかったりする。そういう状況になったときに、私はあきらめたり悲観したりしがちだけど、乙武さんの場合は明るい側面を見ようとしますよね。私は、自分自身がいろんな場から逃げ出してきたから、プラス思考で頑張ることはかえって辛くないかな、とか思ってしまう。

乙武　そういう時にこそ、さっきお話しした虚栄心が発揮されるんですよ（笑）。ほら、ニュースで「乙武さん、三年契約で小学校教師に」とか流れちゃってるから、途中で辞めたらカッコ悪いでしょ。だから、逃げ出せない。もちろん、子供たちがあまりにかわいくて投げ出せないというのもありますけどね。

でも、「明るい未来を見る」というのは昔からかもしれない。高校三年の時に、父親がガンであることがわかったんです。結局、そこから七年生きたけど、当時は「余命三年」と言われていました。大学進学も一時期はあきらめるくらい覚悟したし、ショックを受けました。でも、悲しみの中で「この出来事にもなにか意味があるんだろう」と思ったんです。「そこから何かを学べということなんだろうな」と。

この父の病や死というものが、私の人生にとって大きな出来事でした。それを機に、苦境に立たされても、「ここから何かを学ぼう」と考える習性がついたんです。だから職員室でしんどい思いをしていた時も、「ここから俺は何かを学ばなければならないんだな」と思っていた。例の騒動の後もね、ずっと「ここから学ばなければ」「これを変わるきっかけにしなければ」と思っていました。いや、過去形じゃないな、それは今もです。

そうした習性はポジティブというよりは、常に意味づけをすることで納得しているのだと思います。

三浦　つらい経験でしたね。不条理にも意味があると思うのと、不条理に理由などないと思う思考は全く違うように思います。私と乙武さんの一番の違いは、その点かもしれません。乙武さんは、「すべてのものは、やりようによっては活かすことができる」と考えておられますよね。その姿勢は、人を強くするように見えて、実は自分を辛くする作用もあるんじゃないかと。圧倒的な不条理の前に、意味を見出すことはできないから。

乙武　どういうことですか？

三浦　私は、公人とみなされた乙武さんという人のなかに、これまで発掘されなかった部分があった気がします。あのスキャンダルでは明らかに叩かれすぎたと思うけど、理由の一つに、「乙武さんのそれまでのイメージとの乖離があるから」ということを挙げるメディアの人が多かった。それは乙武さんからすれば、世間が勝手に作ってきたイメージ。その一方で、乙武さんは人が求めていることに応じようとする習性も感じられるんです。課題を前にした時に、「和解を図ろう」「みんなきっとわかりあえる」と思ってしまうのでは？　これは、乙武さんが親御さんにすごく可愛がられて育ったからではないかと思うんですが、根源的なところでの人間に対する信頼があるように思います。

乙武　三浦さんは、九年間ずっと私についてくれているマネージャーと、同じことを言いますね（笑）。以前もね、彼と二人で海外の治安の悪い町を歩いていたんです。彼はとても用心深い人間なので、眼光鋭く全方位で警戒をする。私なんて、もし殴りかかられたら、文字通り手も足も出ないけれど、どんな強面《こわもて》の人に対しても、ニコッと微笑んだら何とかなると思って歩いている。マネージャーからすると「おまえ、バカか」と思うらしい。

三浦　あら、そうですか（笑）。乙武さんのいいところですけどね。人間を信頼しているから、その信頼に応えるべくがんばってしまう。ところが、世間はもっと人と人が隔っていて、冷たかったりする場合もあります。それを感じたとき、乙武さんは弱くなるんじゃないかなと思ったんです。それは、乙武さんがエゴイストじゃないからかもしれない。

乙武　今の私は、世間からはエゴの塊《かたまり》だと見られていると思いますけど。

三浦　エゴは誰だってありますよ。例えば、身近な人の献身に対してエゴイストになることは人間誰しもあります。でも、本物のエゴイストだったら、そんなに無理して世間と切り結ぼうとは思わないですよ。自足して生きていこうと思えばできるし。でも、ついもがいて自分が社会に対して何ができるかを考えてしまう。人という存在を必要としているからだと思います。

いま私の目の前にいる乙武さんと、メディアで見るときの乙武さんの印象はちょっと違うんです。それは、メディアに出ている時は、周囲のみなさんの要請に、サービス精神を発揮して、応えるべく動いているからだと思います。周りへの基本的信頼があることで、かえって自分を追い込んでいることがあるのでは?

乙武　件《くだん》のマネージャーにも当初はよく言われていました。「あなたは本当にバカだ。『五体不満足』があれだけ売れて、若くしてあれだけのお金を手に入れたんだったら、僕なら南の島で一生遊んで暮らします。自分の人生を豊かにすることだけを考えればいいのに、なぜそこまであくせく仕事をするのか」って。

それがマネージャーとして長くそばにいるうち、「あなたは性格悪いけど、本気で世の中を良くしようと思っていることはわかりました」と言ってくれるようになった。「性格悪い」は余計だろと思うんですけど(笑)。もちろん私自身が勝手な使命感を背負いこんでのことではあるんですけど、彼から見ても、周囲の期待に応えようと自分を追い込んでいる姿は、時に痛々しく映ることはあるみたいですね。彼から言われているのと全く同じことをいま三浦さんに言われて、付き合っている年月にかかわらず、見るところを見てくれていて面白いなと感じました。

幸せとは何か

三浦　全部が善人なんて人はいませんよ。逆に乙武さんが一〇〇パーセント善人だと思われてきたから、炎上したわけでね。マネージャーさんの、「乙武さんは本気で世の中を良くしようと思っている」という言葉を聞いて、その大摑みな言い方に、嘘くささを感じてしまう人もいるかもしれません。でも、傍らで見ていて、傷ついたマイノリティへの共感は本物だし、その思いをもって、一つ一つのドアを叩いていく行為には説得力があります。

乙武さんは、私の娘と会った時にも、すぐに彼女の心を摑んでしまった。あれには舌を巻きました。乙武さんの手足がないことにまじまじと注目している彼女に、何みたい？と感想を聞いて、おばけみたい、というほんとに素直すぎる回答を引き出したんですよね。あれからわが家では、「乙武おばけ」というのはものすごい賛辞なんです。今日会うよ、というと、ズルいズルいと羨ましがられる。乙武さんは障害者として生まれたときから傷つきやすい存在だから、人と積極的に関わろうという衝動があるのかもしれない。でも、手がない人、足がない人がみんなそうなるかというと、そうじゃないですよね。これは才能だと思います。

乙武　他者と積極的に関わっていこうという気質が障害に由来するものなのか、それとも生来の性格なのかは自分でもわからないですね。どうしても障害者は腫れ物に触るように扱われてしまうので、自分からオープンに接していかなければという思いは確かにある。でも、それだけではないんですよね。

教員になる前の二十九歳の時からの二年間、新宿区教育委員会の非常勤職員を務めていました。区立の小学校・中学校・養護学校を巡回して、子供たちと触れ合いながら授業を見学して、そこで感じたことを委員会に提言するという仕事をしていました。ある中学校で女の子からこんな質問を受けました。

「乙武さんにとっての幸せってなんですか?」――。

こういう質問を面と向かって聞かれることがなかったので、考え込んでしまったんです。学校に着いてすぐの質問だったので、「しばらく考えさせて。この場で適当なことをいいたくないから、帰るまでに答えるからね」といいました。そのあと数時間考えて、帰りに彼女に伝えたのは、「自分が大切だなと思える人がいて、その人から大切だなと思ってもらえる。そういう関係性をできるだけたくさん持てること」なんです。まあ、いま同じ質問をされたら、また答えは変わってくるでしょうけど。

三浦　なるほど。

乙武　そういう幸福観の持ち主だから、教員時代もそうだけど、自分がわかりたい、わかってもらえると思った人に拒絶されたときに、すごく心にひっかかりが残るんでしょうね。

三浦　その関係性が複数であること、つまり「たくさん」でなければならないのが、乙武さんの特徴でもあるし、つらさでもあるのだと思います。これは私のうがった見方かもしれないけど、そこにたくさんの女性と関係を持つ原因があるの？

乙武　いじめないでくださいよ（苦笑）。

三浦　いえね、アイドルは不特定多数の好意を集める能力が高いから、そういう職業をしているという言い方もできます。乙武さんの場合もそれに近いでしょう？　さらには、世の中や人間に絶望していない。希望が叶わなかったとしても、落ち込みはするけど絶望はしない。希望は失っていない。だから、より多くの人の好意を求めようとするんじゃないかな、と思って。

乙武　そうなのかな……。たしかに「自分が努力すれば、目の前のこの人にきっと私を理解してもらえる」と思っている自分はいます。だからこそ一年間の海外暮らしをした上で、この国に戻ってきたのかもしれませんね。もしそう思えなかったら、海外にそのまま移住していたと思いますし。

「三浦さんに理解されたいと思った」

三浦　私と乙武さんが初めてお会いしたのは、例の騒動の後ですよね。

乙武　報道があったのが二〇一六年の三月。お会いしたのは、その年の秋だったと思います。

三浦　乙武さんが私と話したいとおっしゃって、古市さんが三人で会う機会を作ってくれました。

乙武　あの頃は、古市くんが自宅に閉じこもっている私を積極的に外に連れ出そうとしてくれたんです。機会を見ては食事に誘ってくれた。本当は誰とも会いたくはなかったけれど、古市くんは中でも「会える人」だったんです。彼と話している中で、三浦さんと古市くんが仲がいいと聞いて、「お会いしてみたい」と伝えたら、すぐにセッティングしてくれたんです。古市くんからは、「三浦さんも是非と言ってました。一つ三浦さんからの伝言です。『私、人妻ですからね』って」。強烈なパンチをかましてくる人だなと（笑）。

三浦　あれ、そんなこと言ったかな（笑）。誰とも会いたくなかったのに、なぜ私は良かったのでしょうね？

乙武　あの時期は、政治に関わりたくない、政治関係の人はもう目に入れたくもないと思っていました。三浦さんは、どう考えても会いたくないカテゴリーの人なんですよ。なぜなんだろう。

三浦　初対面のときは、乙武さんが今のようなざっくばらんな感じではなく、タレント的な雰囲気で私の前にいました。なんでこの人は私に会いたいとおっしゃったんだろう、あまり気安く話せないし、しばらくは手探りだな、と感じたのを覚えています。

乙武　対人関係のリハビリが必要だったのかもしれません。

三浦　私が乙武さんのことをどう思っているのか、確信が持てなかったのかな。「人妻」とかまた騒動を思い出させるようなことを事前に言っているし（笑）。私ひどいわね。なによりも女性問題で叩かれている最中に会う女性なわけだし。

乙武　ああ、思い出した。その食事の席で、終盤だったと思うんですけど、私は「もとから政治家になりたいと思っている人間ではない。でも実現したいことのために、腹をくって『政治の世界だな』と思っていたらこのザマです……」といったようなことを話したんです。「自民党に全面的に賛同しているわけではないのに自民からの出馬を模索したのも、本気で変えたいと思っていることがあるからだ」とか。
当時、そういうことを話すのは私にとって結構なリスクなんですよ。でも自分語りをしてしまった。なぜそうしたのかを振り返ってみると、たぶん食事をしていくうちに、この人には理解されたいなと思ったんでしょうね。

三浦 それはありがたいなと思います。もう分かってらっしゃると思いますけれど私、直截的というか、いわゆる優しくはないですよ（笑）。
正直に言うと不倫スキャンダルを知った時は、乙武さんには別に同情していませんでした。知り合いでもなかったから同情する理由もないですし。そのあとに乙武さんと話すようになって、その過程でスキャンダル的なものに対する考えを改めていった。あの頃は、自分自身育児にまだまだかかりきりだったから、奥さんに対する同情もあったと思います。今は、「別に世間は関係ないでしょ」という感情がすこぶる強くなりました。性愛の具体的な形を世間にばらされてしまうことって、一般人はありませんからね。そもそも性愛って、奇妙で笑える、おかしなものなんです。いろいろな欲望がそこに集中して溜まっていますから。そういったことを「さらされる」立場になってしまった人間が、「内に引きこもる」選択肢ではなく、世間と関わろうとしている姿に、興味をひかれたのかな。乙武さんにとって、特定の人、一人の女性を愛するって、どういうこと？
乙武　うーん……誤解を恐れずに言えば、不安、かな。
三浦　それは捨てられるかもしれないということ？
乙武　それとも、少し違う。こういう言い方をするとフェミニストの方からは、「女性を家政婦やヘルパーだと思っているのか」とお叱りを受けてしまいそうですが、私の場合、パートナーにたった一日でも風邪で寝込まれてしまうと、生活が成り立たなくなってしまうんです。そういう意味で、特定の人との閉ざされた関係性を構築することに、どうしても不安が付きまとってしまうんです。生存本能として危機感を覚えるというのかな……これは絶対に第三者からは理解していただけない感覚だと思うのですが。
三浦　それは、周囲に遠慮してるということですか？　乙武さんは学生時代の同級生には、ガキ大将から女の子まで、みなさんによくしてもらってたから、それが当たり前だと思っていたんですということではないんですか？
乙武　はい、私は幼い頃から周囲によくしてもらってきたと思います。
三浦　でも今の話を総合すると、あまり周りには頼らないということになりませんか。パートナーの女性が倒れたとしても、周りに助けてくれる人がたくさんいるからその人に頼むとなってもおかしくないのに。

乙武　うーん、高校生みたいなこと言いますけど、愛って何なんでしょうね。私だって人を好きになるという感情はある。好きになれば、その人と一緒にいたい、その人のために役立ちたいと思う。でも、物理的にどうしてもそうした場面は少ないわけです。してもらうことのほうが圧倒的に多くなる。自分なりに必死になって「自分はパートナーに何を提供できるだろうか」と考えるんですけど、結局、自分にできることは限られていて……。そうした一対一の関係性の中での不均衡が続いていくなかで、相手も自分も疲弊していってしまうんですよね。

三浦　そうなんですね。乙武さんのつらさが全部分かるとは到底言えないけれど。あのね、乙武さんは、独占欲がとても強いでしょ。そういう男性は、割とそうやって悩みがちな気がして。女性が無償のように見える愛を注ぐとします。世の中的に見たら、乙武さんが彼女に与える負担は大きい。そういう時に、独占欲や支配欲の強い男性は、女性が与えてくれるものを見るより先に、自分の器量と相手の価値を比較してしまい、自分は何を与えられているんだろうとか、自分を愛してくれている理由はなんだろうとか、キャリア面だったり収入面だったり、それこそ障害者であることも含めて、考えてしまうのではないかと。

乙武　ええ、めちゃくちゃ考えますね。

三浦　私からするとね、そんなこと考える意味はないんじゃないかと思ってしまうんです。自分が愛や献身を捧げる男性を、何をくれるかという比較衡量《ひかくこうりょう》で選んだりはしないから。かえって、そこにこだわりすぎて苦しんでいる男性を見ると、本当の相手そのものではなくて、自分のことばっかり考えている自己中心的な人間に見えてしまうことがある。「自分は何を提供できてるんだろう」とは結局のところ「自分」について考えているだけですから。

乙武　えっ、女性からはそう見えるのですか。

三浦　ええ、私はね。そういう男性と付き合ったときに何かがこじれていって、「あなたはいつも自分が思考の中心ね」と、言ったことがあります。稼ぎや魅力で相手と自分を比較したり、私の真心を試そうとしたりすることは、恋愛において逆効果でしかない。結局、わざと私を苦しめたり、ひねた言い方をするようになってしまった。

そういうとき、先ほど乙武さんがおっしゃったように「私はいま、君に何を提供できているんだろうかと思うよ」みたいなことを言われました。「じゃあなぜ競《せ》ろうとするの?」

というのが本音でした。それは愛じゃないよ、と。

乙武　四十歳を過ぎて、私もこれまでの人生を振り返り、反省をしているところです。若い頃は三浦さんが思っている以上にエゴイスティックで、「俺はこれをやりたい。そのために、人にはこうあってほしい」という気持ちが強かった。

三浦　それは、よくわかります。

乙武　そうしていく中で数々の失敗を重ねてきました。そういうこともあって、ようやく「相手のしたいことに寄り添えているのか？」「俺は相手にも何か提供できてるか？」と考えられるようになったんですけどね。それすら自己中心的なのか……。

男性と女性は分かりあえるのか

三浦　そういう意味なのだったら私の誤解かもしれないですね。相手がしてほしいことをしてあげたいという気持ちは素敵なものですね。

乙武さんは女性と付き合うということをめぐって、いまここでも色々な自問自答をされていますよね。お付き合いをしている人が去っていったときは、どのように去っていかれたんですか？　たとえば結婚する前とか。

乙武　大学生の頃は、「あなたの持っている価値観がビビッドすぎる。私は、あなたがいいと思ったものがいいと思えてしまうし、あなたが嫌いと思ったものは嫌だと思えてしまう。このまま一緒にいるとあなたの人格のコピーになってしまいそうだから離れたい」と言われたことがあります。

三浦　そうなんだ……。うーん、分からないな。それは、本音なのかな。

乙武さんと付き合う子は、そもそも人に尽くす能力がある子だと思います。ところが「これ以上、乙武さんに付き合うのは無理だ」と思ってしまうと、自分の能力を否定された気持ちになってしまう。一度は無理と思った場合でもさらに頑張ってしまう。そんなことがあったのかもしれない。第三者ですから、分かりませんけれどね。

あるいは、乙武さんと付き合う中で、自我への疑問を抱くようになっていったのかな。乙武さんには、物理的な男性性が欠けている分を、むしろ精神的なもので補い、影響力を相手に及ぼしていくところがあります。私は乙武洋匡という「男」を愛してるのか、それとも、『五体不満足』の、いわば教祖的なものとしての彼を愛してるのか、わからなくなった、ということかな？

乙武　うーん。そうなんでしょうか。

三浦　まあ分からない。男女っていうのはほんとうに分かりあえないところがあって、こうやって第三者として相談を受けていても、その時「彼女」が発したあの一言って何だったんだろう、という永遠の問いって、人生に付きまとうんだなと思いますね。逆にそれを思い返すことがないのであれば、今までの自分の人生の重要な文脈を欠落したままに記憶することになるのかもしれない。私は、男としての乙武さんがどのように彼女や妻に接してきたかわからないところがあるし、同時に、その人たちが抱えていた思いって何なんだろうな、と女として引きずられるところもある。「人気者は浮気ぐらいするでしょ」なんて軽薄なことを言うつもりはさらさらないし、だからといって断罪する気にもならない。仮に、私と付き合っていたらどうなっていたと思います？

乙武　えっ、どういう質問ですか（笑）。

三浦さんは、私が出会ったことのないタイプの女性です。これまでのお話をお聞きする中で、献身的なことを厭《いと》わない人であることがわかってきたので、そこへの物理的安心感はあります。私の場合、どうしてもそこが先に気になってしまうので。その反面、会話をしていても、「この言葉の裏にはどういう意味が隠されているんだろう」などと深く考え込んでしまうかも。だから、四六時中一緒にいると、私は疲弊するかもしれない。

三浦　なるほどね、そうなるかもしれない。結局、自分を伝え、相手をわかろうとする行為が関係を疲弊させる可能性ってありますね。とりわけ女性にとって、パートナーに自分を理解してもらうということは大事なように思います。男性の多くが求めているように、単に相手に「受容される」というのではなくてね。でも、たいていの場合その望みは完全に満たされることがない。理解してもらえない気持ちを抱えながら、ぎりぎりのところを生きている女性は多いのではないかな。

しかも、男女の付き合いは、始めるのは簡単ですが終わらせるのは大変です。近くなりすぎた者同士を引き離すわけですから。

乙武　結婚は特にね……。

三浦　だから、こういうお話をしていると、うまくいっている結婚は、奇跡なんだと改めて思います。

乙武　人生百年時代ですから、結婚すると七十年近く同じ人間と生活をすることになる。最期まで相思相愛でいられるそういう人と出会えるというのは、天文学的な確率だと思ったりもするんです。

三浦　なんだか夢のない話ですみませんが、結婚や夫婦の関係って、壊れることを前提で考えたほうがいいんじゃないですかね。知り合いのアメリカ人男性で、四回結婚してそれぞれの家庭で子供を作った人がいるのですが、年一回、子供たち全員をハワイに集める日を作っているんだそうです。まあ離婚が当たり前なアメリカらしいと思いますが、もうそういう時代に来ているのかもしれない。別れたからって、一生会わないという理由もほとんどの場合はないわけですし。

乙武　ZOZOの創業者の前澤（友作）さんみたいですね。でも、それは多くの人からしたら、いびつな形に見えるかもしれないですけど、当人同士がそれでいいなら他人が口を挟む問題ではないですよね。家族に「一般的」を当てはめるとややこしくなるし、それで関係性がおかしくなってくる場合もある。

三浦　それは乙武さんの場合も？

乙武　まあ、過去を振り返ると迷惑をかける人も出てくるので、あまり話せることはありませんが、外野の声に大きく影響された部分は少なからずあったかなとは思います。

三浦　今はいかがですか？　社会復帰してみて。

乙武　よくここまで戻ってこられたなと思っていますよ。あの頃は、二週間、毎日ワイドショーで叩かれっぱなしでしたからね。

三浦　いわゆる純愛で、ひとりのひとを愛してしまったというストーリーではなかったですからね。性愛のタブーがあると思いますね。これは、マスメディアによる影響も大きいのですが、愛し合ったなら別れるはずはないだろう、という前提がそもそもおかしいんです。LGBTの話も、実は性愛をめぐる話でもあることは認識する必要があるのではないかと思います。当然ですけど、ずっと一人の相手とつきあうとは限らないでしょう。同性婚を認めるから、別れるな、ではやはりおかしい。あんまり純潔思想を突き詰めると、「あれだけ祝福されたカップルなのに別れるってなんなんだよ」という方向に行きかねないと思うんです。「永遠に添い遂げるべき」という発想が、貞操観念と結婚制度の強化につながりかねない。それは健全とはいえません。

乙武　そういう意味で言えば、微笑ましかったし、ある面でよかったなと思ったことがありました。渋谷区で制定された同性パートナーシップ条例で第一号カップルとなったお二人が、しばらくしてパートナーを解消した。そこがむしろ人間らしいと思えました。別れたのはもちろん悲しいことかもしれないけれど、上手くいく人もいれば、いかない人もいる。それは異性愛者だって、同性愛者だって同じこと。そういうことが分かったわけです。

専業主婦というシステムの問題点

三浦　私は、乙武さんのケースも含めて、今の日本で家族が抱えている問題には、専業主婦というあり方が大きく関わっていると考えています。専業主婦には、色々なものが押し付けられすぎているんです。

例えば、三浦家にしても、もしかしてどちらかが何かやらかしてしまい、それが週刊誌にすっぱ抜かれたとして、夫婦関係に危機が訪れることがないとはいえない。それでも、なんとなく壊れないんじゃないかと想像できるのは、お互いに専業主婦、主夫じゃないからじゃないかしら。「こんなにすべてをなげうって支えているのに」とはならないから。

乙武　昭和の日本の家庭はそういう形でしたね。

三浦　専業主婦になることは、相手の失敗や成功に自分の運命を委ねることです。それによる悲しみというのはあると思う。関係がいびつになってしまった場合には特に。

うちは私と夫が別々に稼ぎます。買い物はほとんど自分で判断して買う。専業主婦の多くは、あれだけ家内労働して貢献していても、大きな買い物の判断を自分でさせてもらえないことが多いのではないかしら。地方で講演して聞いてみると、大体において聴衆の男性たちは、「奥さんには好きにさせているよ」というのですが、聞いてみると軽自動車を奥さんがひとりで判断して買ってきたら、やっぱり椅子から転げ落ちるみたい。男性は、自分で判断して車を買ってくることがありますよね。だから、普段目に見えない、男性に意識されない自己決定権の壁というのがあるんです。

乙武　専業主婦だって、本来はとても重要な責務を果たしているし、本当に大変だと思うのだけれど、どうしても社会的には評価を受けにくい。だから、あくまで社会的な評価を望もうと思えば、パートナーに乗っからざるを得ない部分は出てくるでしょうね。

三浦　夫の稼ぎは自分ではどうともならないのに、それに自分の人生が規定される。夫は自分が失敗した時のバックアッププランがない。妻は妻で、子供のお受験をがんばって、恥ずかしくない妻、恥ずかしくない母になるための努力に汲々としなければならない圧力を感じるわけですよね。

乙武　それが非常に昭和的な価値観であることは理解しています。そして、その古びた価値観を現代にアップデートしていかなくてはならないことも。ただ、私自身が昭和生まれの人間なので、どうしてもその古びた価値観がべったりと染みついてしまっていること も否定できないんですよね。だから、社会としてこうあるべきだと理想を語っても、自分自身がパートナーと関係を構築していく時、どういう状態を心地よく感じるかというと、語っている理想との間に乖離が生じてしまう。

三浦　ええ（笑）。すごくよくわかります。

乙武　もし自分が還暦を過ぎていたら、もうこのままでいいと思っているかもしれない。ただ私は四十三歳なので、人生の後半戦をまるまる「あいつ老害だね」「価値観古いね」と言われながら生きていくのはしんどいし、社会に対しても申し訳ない。だから私はアップデートしていきたい。とはいうものの、ここまで築いてきた価値観を、急にガラっと変えることがいかに難しいのかもわかってはいるんですよ。

三浦　乙武さんの中の昭和的なものって、別の時代に生きて別の文脈があれば変わっていたと思います。そこは個性の核にあるものじゃないと思いますよ。

乙武　先日、俳優の奥田瑛二さんとお会いしました。二人のお嬢様がいらっしゃいますが、「娘たちに、『それセクハラだよ、パワハラだよ』と指摘されることがある。自分としては、『えっ、これアウトなの？』と驚かされることもあるけど、そのおかげで今の時代の感覚から取り残されずにいられるのだと思う」とおっしゃっていた。私も大学生や二十代の若者と話す機会が多くあるのですが、奥田さんのおっしゃることには同意できますね。

そういえば、その後、奥田さんのご長女で映画監督の安藤桃子さんにお会いしたのですが、私を見て、「うちの父親と同じ匂いがするから気をつけなきゃ」と言われました。私からすると、奥田瑛二と同じ匂いがするというのは、男冥利《みょうり》に尽きますけど（笑）。

第5章 世間の作ったイメージを意識してきた——乙武洋匡

聖人君子のように思われてきた

三浦　乙武さんは、二〇一五年に大学院に進学しています。それは、政治の世界に行こうと考えたからですか？

乙武　そうです。私は早稲田大学の政治経済学部政治学科で地方自治を専攻しましたが、当時はあまり熱心な学生ではなく、ほとんど勉強をしなかった。なので、大学は卒業したものの、どれだけ専門的な知識を身につけられたかというと怪しいものなんです。しかし、本気で政治をやっていくには、しっかり勉強したほうがいいだろうと一念発起したんです。あと、選挙に向けて「大学院で公共政策を学んだ」という見え方がプラスに働くのかなという打算もなかったわけではなかったです。まあ、今となっては何の意味もありませんでしたが。

単位は全部取っていて、あとは論文を出せばいいという状況なんですが……正直、もういいかなと思っていて。いまさら論文を書くこと、修士の肩書きを得ることに、あまり魅力を感じられなくって。

三浦　必ずしも修士論文にする必要はないと思うけど、これまで考えてきたことを文章にして、現在の執筆活動の一環として世に出せばいいのではないですか？

乙武　それはそうですね。「憲法とマイノリティ」などは、いま非常に興味のあるテーマです。たとえば、日本国憲法の第十三条に、「すべて国民は、個人として尊重される。生命、自由及び幸福追求に対する国民の権利については、公共の福祉に反しない限り、立法その他の国政の上で、最大の尊重を必要とする」とある。ここで基本的人権の尊重が謳われているわけです。ただし、「公共の福祉に反しない限り」とある。では、この「公共の福祉」とは、いったい何を指すのかということが問題になってくるわけです。

第十三条によって「個人の人権が最大に尊重される」と謳《うた》われているのだから、それを制限しうるのは、これもまた別の個人の人権でなければならない。つまり、一対一の関係性、個人と個人の権利が衝突することはありうるので、その際は無条件でどちらかの人権が尊重されるわけではない、ということ。そうして人権と人権が衝突し、それが調整された状態を憲法は「公共の福祉」と呼んでいるわけですが、この言葉は誤解を生みやすく、「個人よりも社会空間が優先される」「多数のために個人は犠牲になるべき」などと捉えられかねない。最近、社会的弱者が何か改善を要求すると「わがままを言うな」「社会のことも考えろ」などという言葉がＳＮＳ上に飛び交いますが、この「公共の福祉」という言葉が誤って普及してしまっているのではないかなと考えさせられたりします。

三浦　三年前まではそうは考えていなかった?

乙武　ええ、この三年はあまりにヒマだったんで、いろいろ考えるようになりました(笑)。

三浦　それは、乙武さんがこの三年苦労する中で考えを深めていかれたんでしょうね。「公共の福祉」は人権の総称だと思いますが、それでも、これを国家や社会の利益と読み替える人々が確実にいます。他者の人権を侵害しない範囲で自由である、という当たり前の考え方にさえ、マイノリティがそもそも自然には自由を享受できていないことに気づかない偏見が潜んでいると言われてしまうかもしれない。あなたの自由を邪魔しないよ、ということだけでなく、相手の自由を積極的に創出する努力をしなければならないですからね、社会の進歩のためには。

以前私がお見受けした乙武さんの印象は、いまよりもずっとお行儀がよい、というもの。あるテレビ局の人から「乙武さんは、一対一で話すときはあんな感じじゃないけど、公の場に出るといろいろ背負っちゃってすごくお行儀よく、礼儀正しい感じになっちゃう。もったいない」と伺ったことがあります。

乙武　うーん、正直、『五体不満足』出版直後はいくら露悪的に振る舞っても、聖人君子のように描かれて、そんなことが何年も続いて、いよいよ自分でも観念して「行儀のいい乙武さん」を演じてきた部分はあるので、メディアの方からそうした言われ方をすることには忸怩《じくじ》たるものがありますが……。

三浦　もちろんそれも乙武さんの一部ではあるとしても、社会正義に基づき、こうあるべきだと考えて発信してきたその言論は、乙武さんの全てというわけではないですものね。ある意味、いまここにいる乙武さんのような息遣いを感じないものだったと思います。

テレビのコメンテーターというのは、普通の人では考えられないような批判をすぐに受けるから、何か事件が起きたときに「かわいそうです」「考えられないです」という、毒にも薬にもならないことを言わざるを得ない構造に置かれています。そのイメージと、騒動で見えてきたリアルな乙武さんとのギャップを受け止めきれない人が多かったのではないでしょうか。それが批判がすごかった理由というか。

乙武　そこは、まさしくそうだと思います。

三浦　私は、この数年のプロセスはすごく大事だったのではないかと思います。今、乙武さんは世間で、以前とはがらっと違う見え方になっていますよね。自分の内面をさらけだそうとしている。それだけで社会が変わっていく可能性だってあるわけです。スキャンダルがあってよかったとはいいませんが、乙武さんはそこから人間的に成長されたわけで、その意味ではプラスだったと思います。

乙武　ありがとうございます。三浦さんは、先ほどの「公共の福祉」の話についてはどう思いますか？

三浦　二〇一二年の自民党改憲草案は、「公共の福祉」を「公の秩序」という言葉に言い換えようとしていました。「公共の福祉」は、利益と利益のぶつかりを調整するための尺度としてあるけれど、自民党改憲草案はそこに「社会秩序」までを含めようという考えです。これでは、まるで意味合いの違うものに変質してしまうでしょう。

「公共の福祉」が意味するのは、実際には功利主義の考え方で、最大多数の最大幸福のことです。少数の幸福がこぼれ落ちることは内包されている。

その部分で功利主義に断固反対したのが、イマヌエル・カントのように「一人も犠牲にしてはならない」という考え方です。日本でいま一番足りないのは、実はこのカント型のリベラリズムです。「誰も取り残してはならないし、他人のための道具としてはいけない。たとえば人が、マイナス地点からゼロにまで自分の能力を成長させたら、その伸びしろを喜ぼう」という考え方といえばよいのでしょうか。

そんな主張をしている人は、リベラル左派に多いように見えます。しかし、弱者を代表する過程は問題を孕むことが多く、弱者はすぐに抑圧されたり、いいとこどりをされたりする危険にさらされている。自分たちの信条に合う人の範囲にいる弱者しか認めない傾向がアメリカの民主党にも見られた。それがリベラルや左派を分断し、かえって保守的な反動を容易にしてしまうことがあります。

乙武　弱者やマイノリティを支援する人々にも欺瞞を感じることがある、と。

三浦　そんな状況もあって、乙武さんは「世の中を変えられる立場にある政権の中で、保守派が見えていない部分を示してあげよう」という思いで自民党からの出馬を考えたのかなと私は考えています。今のように本当の意味での個人主義を手に入れた乙武さんが、保守の中に受け入れ先があるのかわからないところです。

乙武　もはや、いまの日本の政党に保守とかリベラルというラベルを貼ることにあまり意義を見出せないんですよね。各政党に様々な主義・主張を持った政治家が混在しているので。まあ、ただ私自身、既存のリベラル左派の方々と歩みを共にできないところがあるというのは、ご指摘の通りです。

三浦　思想的に一人で生きていくしかないのは、私もそうです。私は自分の専門である安全保障に関しては、リアリストに位置づけられます。経済政策はリアリスト、社会政策についてはリベラルです。パーソナライズされていないレベルでの主義主張で集まることの危うさや無意味さも体験的にわかってしまうと、やはり一人で生きていくしかない、ということですよね。

「人権問題」が政治課題にならない

乙武 そもそも日本では、本来最も大切であるはずの人権に対する意識や問題が、驚くほど政治課題になりません。実際に有権者へのアンケートで、投票するにあたって重視する政策を聞いても、経済問題や社会保障といったものが上位で、人権課題はほとんど上がってこない。となると、政治家も票につながらないなら熱心に取り組む必要がない、となってしまいますよね。

もちろん、たとえ票につながらなくとも、たとえば蓮舫さんのようにご本人の境遇から紐づいたところで人権問題に力を入れて活動している政治家の方もいる。ならば、その一点において彼女に賛同できるのかというと、事はそう簡単ではありません。外交や安全保障、エネルギー政策などで一致できなければ、やはりそう簡単に支持をすることはできなくなってくるわけです。

三浦　乙武さんは、そのあたりのことを構造として理解しながら、さまざまな活動をしているということですか。

乙武　結局、綺麗事を言っているだけでは、物事を変えることはできないんですよね。一ミリの妥協もせず、徹頭徹尾、理想を唱え続けるというのは、言論人としては正解なのだと思います。でも、それで社会を変えられるのか、課題を解決していけるのか。そう考えていくと、自分が重視していない分野では多少の妥協もしながら、こだわりのある分野ではとことんこだわっていくといった姿勢も必要になってくる。

三浦　それはよくわかります。私は乙武さんが政治家をあきらめたとは思っていませんよ。ただ以前よりも、自分が社会貢献をしたいと思う、その意味合いがより深く実感されているのではないかと思う。いまはご自身の感情や熱意の全貌がだんだん明らかになってきた段階ですよね。

乙武　そうかもしれませんね。

三浦　日本において、人権問題の優先順位が政治課題として低いのかと問われたら、やはり低いのだと思います。ただし、その理由は人権が些細な課題だと捉えられているからではなく、日本においては政治的な友と敵の関係を生みにくいものだからだと思います。もしアメリカなら、黒人の人権問題は、黒人がアメリカ国民全体の一三パーセントを占めている以上、熾烈な争いになります。私たちの社会における、人権が制限されたりして苦しんでいる人たちは、マイノリティ集団を構成する共通項がアメリカほど明確ではないので、そういう戦いにはならないんです。

蓮舫さんがどのように二重国籍やダブルの人を代表しようとするのかは興味深く見ていました。ただ、蓮舫さんがこだわっているのは「私」の自由。いかに女性やダブルが活躍することが素晴らしいことでも、個人的な自己実現に終始すれば政治闘争にはなりえません。彼女の属性が問題になったのも、彼女自身の台湾との二重国籍が問われただけです。これは小池百合子さんにおける女性の権利問題とも似た構図にあるのではないでしょうか。小池さんは女である私が活躍することが、女性を差別しない社会に向けた社会正義なのだと思っておられる。しかし、あれだけ足を引っ張られていたヒラリーさんは、自分とは全く異なる困難な環境に置かれた女性の支援をやってきた。「私」の野望を実現したいだけという風に見られてしまったら、その属性を代表することさえ難しいんです。

「君は都知事をやるべきだ」

乙武　オバマさんがアメリカの大統領になったときに、なぜあそこまでの熱狂を生んだのか。私が考えるに、それは人種的に虐げられている一部の人の権利を守るために声を上げてきた黒人議員という存在が、全体の調和を考える立場に立ったことが画期的で、歴史的な意義があったからだと思うんです。どのような立場の人がそのポジションに就くのか、ここに意味があった。

ただ、それはあくまでも副次的な意味であるべきですよね。「なる」ということが一番の目的になってしまっては本末転倒です。なった上で何をしたいのか、何ができるのか、本来はそこが問われなければいけません。

私が参院選への出馬を検討していた時期に、「君は都知事をやるべきだ」と言ってくださる方が何人かいました。その時、自分でも「乙武都知事」を想像してみたんです。確かに手足のない車椅子に乗った人間が、日本の首都である東京都のトップになるというのはなかなかインパクトがあるなと思いました。でも、先ほども言ったように、政治は何がしたいのか、何ができるのかが重要なわけです。何の政治的キャリアも積んでいない私がいきなり都知事になったところで、ただのお飾りで終わってしまう。そう考えて、お誘いを固辞していたんです。

先ほどの三浦さんのご指摘で言えば、蓮舫さんや小池さんと私の一番の違いなのかもしれませんが、もし当事者性のある誰かが私の代わりを務めてくれるのなら、喜んでその役目を譲りたいと思っていたんです。その人が自分と同じ社会正義を見ていて、そこに対する覚悟も能力もあるなら、「がんばって」と裏方になって全力で応援し、支えたい。じゃあ、誰かいるのかと必死に探し回ってみたけれど、残念ながら思い当たる人がいなかった。ならば、自分が出るしかないと、そういう思いで出馬への覚悟を決めたんですね。

さきほど三浦さんは、「政治家をあきらめたとは思ってない」と言ってくださいましたけど、私は政治家になることへのこだわりはないんですよ。あくまで「どんな境遇の人々にも平等にチャンスや選択肢が与えられる社会」を実現したい、ここなんです。政治家になるというのは、その手段に過ぎない。それに私には覚悟はあったけど、資格がなかった。やはり多くの人は政治家に清廉潔白であることを求めますからね。そこは恥じ入るしかないですけど、まあ仕方ないです。

三浦　乙武さんにはやる気があるし、知名度が必要な都知事にはどうしてもこれまで一般の政治家がなることは難しかったという背景があります。自民党議員の落下傘候補も、たたき上げ官僚も、難しい。辛い戦いだから、もろ手を挙げてお勧めするというわけではありませんが、ご自分がやりたかったら出たらいいのではないでしょうか。いま、都知事をやりたい、と手を挙げている人はあまり見当たりませんしね。

乙武　いやいや、そんなこと……。

三浦　もちろん、もし出るならば何のために出るのかという目的は必要です。仰るように障害者が都知事になれる、という象徴性のためだけに出るというのでは納得感がありません。それから、現職とどのように切り結ぶのかという戦い方も結局大事になってきます。例えば、もしこれまで名前が挙がってきた人で、橋下さんが都知事選に出るとするなら、彼は自民党と「大阪時代は自民党の敵だったけど、東京では敵ではない」という是々非々のロジックを作るでしょう。さらに、いざ戦う時には、小池都政の無駄や欠点を示して都民の怒りをかきたて、小池憎しの受け皿になることができる。実際に、東京都は改革すべきところがたくさんあります。

しかし、乙武さんの場合は、違うキャラクターの持ち主ですよね。小池百合子知事からの「禅譲《ぜんじょう》」モードにならない限り、無所属でみんなから推されてクリーンに戦う「王道」を進むことはできません。彼女は老練な政治家ですから、主張する政策はともかくとして、とにかく選挙が上手い。いろんな面で対立候補を叩き潰そうとしてくるでしょう。その時に彼女と同じ土俵で立ち向かうべきかというと、乙武さんには向いていないような気もします。スキャンダルについての攻撃は、ご自身が思っているほどのものではないと思いますが。まあ、でもそんな体験も面白いかもしれませんね。

乙武 いえいえ、いまの私に都知事なんて……。

三浦 うん。それはご自分次第です。ただ、聞いていると、乙武さんは熱いパッションを持っているけれど、戦いにおいては合理主義的にすぎるのかもしれませんね。政治のキャリアというのは、必ずしも積み上げていくものばかりではないと思います。与えられた人生においていま何をするか、です。別にいきなり都知事でもいいんですよ。一つ大事なのは、都知事になって「これをしたい！」という、プロジェクトがあるかどうかだけです。橋下さんは、極端な財政難にあった大阪の非合理性を正すという、その一点が彼が生来持っている合理主義と合致して、大きなうねりを作り出しあそこまで行けた。方法論よりまず先に強い思いが必要です。それは自分の中の様々な思いを切り落として、磨いていく作業をすることでできると思います。偉そうにすみません。

乙武 いやあ……まさか、こんな焚きつけられることになるとは思いませんでした（笑）。

車椅子のホストを主人公にした小説

三浦　乙武さんが書かれた小説の話をお聞きしたいのですが、『車輪の上』という小説で、なぜ車椅子のホストを主人公にしたのですか？

乙武　正直、自分自身に貼られた「障害者」というレッテルがうざったくて仕方のない時期だったんですよね。『五体不満足』で世に出てからは、いやもっと言えば幼少期から「障害者なのにすごいね」と下駄をはかされたり、いざ叩かれるとなると「障害者のくせに」という言われ方をしたり。ああ、もうめんどくせえなと。褒めるにせよ、叩くにせよ、障害者というバイアスをかけずに、純粋に結果そのものだけで評価してくれよと。

ほら、ホストって、いわゆる「モテる」職業でしょう。ところが「車椅子」「障害者」というのは、一般的にはモテとか恋愛からは縁遠い存在だと思われている。なので、車椅子の青年がホストとして働くという設定は、世間が抱くレッテルだとかバイアスだとかを揺さぶっていくのに面白いかなと思ったんです。

三浦　書かれたことが伝えたいことだったの？

乙武　伝えたいこと、か……。結局ね、ダメなんですよ。いくら、「ふざけんな」と大声で叫んだところで、世間は絶対に色眼鏡を外さない。おそらく私は死ぬまで「障害者として」評価される。だったら、もう受け入れていくしかないなと。物語の結末もそうですし、私自身もそういう境地で書いたのがこの作品です。だから、「伝えたいことがあった」というのもあるけど、主人公に自己を投影させて、言いたいことを言わせてもらったという部分が大きかったかもしれない。

もう一つ、自己投影ともいえるのは、物語の終わり方です。私のこれまでの作品はほとんどハッピーエンドだったり、後味のいい読後感になったりしている。でも、この作品はハッピーエンドではないし、なんだかモヤモヤする終わり方をしている。でも、それには理由があるんです。例の騒動で「あいつは終わった」とか「乙武オワタ」などとネットに書かれて、私自身もたしかに「社会的な死を迎えたな」と思ったんです。でも、社会的な死は迎えても、残念ながら私の人生は続いていくんです。生き恥晒して、生きていかなければならない。他人は勝手な思いで私の人生にピリオドを打つけれども、私にとってはカンマでしかないんですよ。

そう思った時に、作者である私が、物語の登場人物たちに、都合のいいところでピリオドを打つことはできないなと。小説としてはどこかで区切りをつける必要があるけれど、彼らの人生はその先も続いていく。そんな余韻を残したかったんですよね。

自己表現より社会正義

三浦　人は外見や属性によって定義できないような自我を形成していきますよね。私は障害者ではないけれど、女性としてそれなりに大変なことを経験してきました。それを超えた自我がどうやって作られるかといえば、何かを失ったり、何かへの執着が切り取られたタイミングで形作られるものだと思っています。そこを物書きができる人ならば当然文字に落としたいと思うのは必然です。乙武さんもそういうタイミングでこの作品を書いたんですね。

乙武　そうなのだと思います。

三浦　世間的には仕方がないけど、自分自身としては障害者という属性を外して自我を表現した。この乙武さんの営みは、ずっと続いていくのだと思います。今後、結論が少しずつ変わってくるかもしれませんが、いずれにしても自我の認識は深まっていく。今話していて、私たちにはこの部分での共通点があると感じました。社会正義的に伝えたいことと自己表現というものを二つ持っているところです。

乙武　たしかに、そういう意味では似ているかもしれません。ただ、この社会正義と自己表現の両者は、時にハレーションを起こすのが面倒ですよね。

三浦　社会正義だけに人生をかけて没入する人もいるのかもしれません。ただ、自我というのは単なる個性、瑣末なものではなくて、本来は自我の方が本筋だと思っています。その二つを実現しようとしているからこそ葛藤がある。

乙武　でも、この三年間であらためて自分は「自己表現」よりも「社会正義」に重きを置いていきたいなと確認できた気がします。やっぱり、生まれついた境遇によって有利不利が著しいこの社会を、どこかで是正していく必要がある。それが何よりメルボルンという快適な生活環境を見つけたにもかかわらず、この日本に帰国した理由でもありますから。

三浦　既存の社会秩序や構造を変えていく方法は、大きく分けて二つあるのではないでしょうか。一つは、それ自体をどんどん解体していく方向です。放っておいてもこういった構造は解体していくけれど、その動きを加速させる役割を担おうとする。もう一つは、既存の構造の中に「多様性」を入れていくことで、リプログラミングしていく方法です。これは自民党の候補者として選挙に出ようとしたかつての乙武さんの取ろうとした方法ですね。今はどう思っていますか？

乙武　私は今でも後者ですね。

三浦　ええ。リベラルも保守もたいがいは後者であって、結局のところは裏表なんだろうと思います。いまある既存の社会制度がどうあるべきかを巡る争いであるという意味ですね。ただし、前者のようにいろいろなものを解体する立場は、枠組みを壊してしまう力を秘めている。どちらかというと経済人、それも異端児が多いように思います。ホリエモンこと実業家の堀江貴文さんなどはまさにそうでしょう。もちろん思想家や哲学者にもいますけれどね。

乙武　橋下徹さんは前者ですか？

三浦　いいえ。日本人は波風を立てるという意味での破壊と、既存の秩序を解体する壊し屋とを混同してしまっていると思います。だから彼は壊し屋といわれてきた。たしかに、都構想や道州制改革は大きな構造改革です。でも、大胆であることがすべて壊し屋というわけではない。関東大震災後に東京の復興計画を担い、街並みを大整備した後藤新平は壊し屋ですか？　違いますよね。

橋下さんは個人的な思想としては自由を愛しているんですよ。ただ、現実政治としては後者でしょうね。村社会であるという現実を受け入れつつも変革する。制度による外形的な公正さを重視し、私的領域の中では自由にしたい姿勢をとっている。個人的自由を突き詰めることと、計画的な制度変革をめざす政治とが相克しているから面白い。リバタリアンと制度的リベラルの間を揺れ動いていますね。日本語ではその差異を表すのが難しいですが、リバタリアンと壊し屋は別の存在です。

乙武 なるほど。三浦さんご自身はどうですか？

三浦 私はもっとリバタリアン寄りですが、リベラルなところもあります。社会に関して言うと、経済活動によって解体していく試みと、リベラルな手当を両立させることが必要だと、思うようになりました。そういうことを言いはじめれば、保守的な手当も同時に必要になると思うんです。そして、私個人はというと、「頼むから誰も私のプライベートには介入しないでください」という感じ。

ナンバー2が向いている

乙武 私が後者を志向するのは、現状を肯定しているからというよりも、そのほうが現実的だと考えるからです。現状の構造を解体して、一から理想に基づいて社会を構築できるならそれがベストなのかもしれませんが、そんな革命を起こせる可能性ははっきり言ってゼロに等しい。ならば、すべてが望み通りにはいかずとも、現状を少しでもマシな方向に変える努力をしたほうが効果を上げられるのではないかと思っているからです。

ただ、現状の解体を「可能性がゼロ」と言ったのは、あくまで私の性格によるものです。これは子供の頃からの悩みでもあるのですが、与えられる役割と、自らの能力や特性の齟齬をずっと感じているんですよね。私の場合、姿かたちが唯一無二だったりしますから、何かの折には神輿として担がれがちです。すると、必然的に何かを一人で背負わされることが多い。でも、私はおそらく性格的には組織においてはナンバー2が向いているんです。調整とか根回しとか、そういうのは嫌いじゃないんですよ（笑）。トップのビジョンに共鳴さえできれば、その人の思いを形にすべく、黒子《くろこ》となって動いていく。性格や能力としては、そちらのほうが向いている気がするんですが、いかんせん目立つ存在なので、担ぎ上げられてしまうことが多いんですよね。

そういう意味では、小泉進次郎さんに注目しています。環境大臣に就任するまで、彼は「違いを強みに変えられる社会」というフレーズを好んで使っていた。彼がどういうきっかけでそう言うようになったのかわかりませんが、彼が心底そうした社会の実現を望み、そこに向かって力を尽くしてくださるのなら、私としては心からうれしく思うし、私でお役に立てることがあればという気持ちは湧いてきますね。

三浦　いい目標を目指してチームで頑張る、というのは楽しいものですよね。リーダーに必要な資質としてよく言われる言葉に、「胆力」があります。要素を分解すると、おそらく判断力、決断力、持久力、あとは容易に意志を曲げない頑固さも加わってくるんじゃないでしょうか。これが全て揃った人は、なかなかいません。

もし乙武さんがリーダーになったら、直面する全ての課題について瞬時の判断力が問われることになります。それは間違いなくかなりの重圧です。判断力は鍛えることが可能なものですけどね。これまでお話ししてきた時間の中ですぐわかるのは、乙武さんの中で際立っているのは頑固さだということ。そこは折り紙付きですよ（笑）。

乙武　お恥ずかしいかぎりです（笑）。

三浦　いえいえ、失礼しました。

乙武　私は現状に疑問を感じて、その改善点を考えていくのは得意です。でも、堀江さんのように現状を解体し、ゼロから何かを生み出そうとするタイプではないですね。

三浦　ゼロから生み出す力は、必ずしも政治家に必要な能力ではないんじゃないですかね。

最近では、改革者は破壊者であると考える人が多い気がします。つまり、既存の価値観を壊していく力を持つ者であるという話ですよね。これは私としては疑問です。政治の世界において、秩序破壊者は一世紀に一人か二人いれば十分で、そう何人も必要ない。だから、地方自治体の長でも、国会議員でも、「カイゼン」を通じて改革を積み重ねることは可能なはずです。とりわけ首長は外交安保の責任を担うわけでもありませんし。今あるものに足したり引いたりしながら、物事を着実に前に進めていく能力が必要です。

乙武　三浦さんからのプレッシャーをひしひしと感じますが（笑）、私がやりたいか、やりたくないかは、じつは私にとってあまり重要ではないんです。都民にとって、誰がトップに立つことが有益なのか。私は都民でもありますから、やっぱりそこが大事なんですよ。そう考えた時、少なくともいまの私などが出る幕ではないなと。

三浦　ええ。みんなの期待を担おうとするのは、大変な人生ですよね。『五体不満足』を出したときに乙武さんは著名人という役回りを引き受けました。

乙武　そうですね。引き受けたつもりではありましたが、あまりに肥大化した聖人君子というイメージを受け止めきれず、見事に自爆した感はあります。

三浦　人びとに誤解されたり、偶像化されることで、乙武さんと世間の間には薄い膜が張ってしまったんだと思います。毀誉褒貶もあってこうやって戻ってきた乙武さんですから、きっとこの先に政治に限らず何か発見の連続があると思うんです。それは大衆の中にある優しさを見出す瞬間かもしれないし、同じ人間として理解しあえるところを見出すという営みの中に何かが生まれるのかもしれない。「自分」というこだわりが憑き物のように落ちたときに、何か純粋な魂のようなものが残って、それが自分を救ってくれる。「この人は、そういう魂の持ち主なんだ」と人に見せることができたら、言論をやっていく人間としては最高なのだと思います。

乙武 ふと思い浮かんだのは、ボクシングの辰吉丈一郎さんです。世界チャンピオンになった後、彼は網膜剥離《もうまくはくり》になりました。ところが四十九歳になった今でも、リングに立とうとトレーニングを続けている。彼のボクシングスタイルをどう評価するかとはまったく別の話として、彼の姿を見ていると、「この人ほんとうにボクシングが好きなんだな」と伝わってきます。そういう意味では生き様にとても好感が持てますし、私自身も学ぶべき点は大いにあるなと感じています。

嘘偽りのない「魂」に惹かれる

三浦　嘘偽りのない何かがそこにあること、人はそれを支持します。前も石原さんについて思うところをお話ししましたが、彼の韓国・朝鮮人への差別も女性憎悪も、私は思想的にまったく受け入れ難いもので、はっきり言ってそこは嫌いです。だけど、心のどこかで石原慎太郎という存在はそれだけではなく、人間として魅力的だと思ったんですね。

乙武　それはどうしてなんだろう。

三浦　彼が悪だったらそうは思わない、彼の国家観は、私がとりたい構えよりは狭いけど理解できるところがあります。何より彼の人間的な欲望の中に、嘘偽りのない魂を見てしまう。飛べる人かどうか。自分を傷つきやすい危険なところにさらせるかどうか。それを見てしまうんですね。

乙武　ああ、それで言うと、私も躊躇《ちゅうちょ》がないですね。飛び込むタイプだと思う。

三浦　そこが乙武さんの魅力というか、面白いところかもしれません。

乙武　さきほど、判断力は鍛えようがあるとおっしゃったけど、いまおっしゃった「魂」はどうなんでしょう。鍛えるというか、育てていくこともできるのかな。たとえば、先ほども名前の出た小泉進次郎さんですが、家柄やルックス、弁舌さわやかな点など、政治家としての資質は文句なしだと思うんです。ただ彼の場合、政治家になることを宿命づけられていたせいもあるのか、「何がやりたいのか」という、いわゆる魂の部分がいまだに見えづらい。まさに、今それを探っているのかもしれないですけど。

三浦　ええ。

乙武　そういう境遇もしんどいだろうなと思う反面、やっぱりうらやましくもあるかな。「何をやりたい」を強烈に持ちながらも政治家になりそこねた人間としては。

三浦　魂に関してですが、人は悲しい経験をして、それをどう受け止めるか、それによって魂を育てることができるのではないかと思います。それにどう向き合ったかで魂にどれだけ敏感になり、どれだけその動きに耐えられるか、感じ続けられるかが決まるのではないかと。その意味では、魂がない、なんて人は当然いなくて、魂を感じるしんどい作業をやるかどうか、常にそれを感じてあげられるかどうかということなんじゃないですか。

乙武　悲しい経験ですか。

三浦　トップに立つ政治家の個性というのは複雑な場合が多いですよね。ビル・クリントン元米大統領などは、とても面白いと思いました。彼には暴力を振るう継父がいて、彼は母を守るために父を追い出した。そこが彼のコアにあるのではないかと思うんです。どんなにビルが、ホワイトハウス実習生と不倫をしてみだらな振る舞いをしても、奥さんのヒラリーに怒られても、彼はヒラリーが大事で可愛くて仕方がなかったんじゃないかと。常にヒラリーを愛し守ろうとするんです。こういうコアとなる経験って大事じゃないですかね。ビルは包容力が大きすぎて、それで政治家になってしまった感じ。聴衆ひとりひとりと握手してコミュニケーションを図ろうとするタイプなんです。痛みを一緒に感じ取ることが彼の情熱だった。

もう一つ、彼は貧しい家庭から自分の能力で身を立ててきたので、切磋琢磨を重んじる競争主義もコアにある。クリントンが民主党の中で改革派左派になったのは、切磋琢磨をしないとアルコール依存症であった継父のような堕落への道しかないと思っていたからなんじゃないかとすら思います。父が母に暴力をふるうのを見たとき、彼は母を守りながらも不安を覚えたんじゃないでしょうか。自分もいつか凶暴になるのではという恐怖があり、あるいは大事な存在を失うのではないかという当然の恐怖を抱いたことでしょう。その恐怖と向き合う中で、人格が作られていった。不倫をしても、決して人間というのは一面的な存在ではありません。政治家に清貧と単純さばかりを求めようとするのは違うと思いますね。

他人のことで泣いてしまう

乙武　私ね、最近よく泣くんですよね。昔も泣くことはあったけど、最近よく泣くんです。それも自分のことでなく、他人のことで。

三浦　ええ？　別にいいと思いますけど。

乙武　この前もね、宮城県石巻市を訪れたんです。東日本大震災から定期的に足を運んでいるんですが、そこで知り合った友人に会いに。そうしたらね、何年も瓦礫《がれき》の山だったところに立派な復興住宅が建っていて。そうしたらあの二〇一一年当時の光景がフラッシュバックしてきて、「ああ、この人はどんな思いでこの年月を生きてきたんだろう」とか思ったら、もう涙が止まらなくなってしまって。なんか人の苦労を勝手に想像しちゃうんですよね。年なのかな。

三浦　そっか。つらいですね。乙武さん。あなたはこれから、どうしたいの？

乙武　どうしたい、か……。この対談では繰り返し言っているように、「どんな境遇の人でも平等なチャンスや選択肢が与えられる社会を実現したい」という思いは変わりません。どうしたらそれを実現できるのかと考えた結果、一度は政治の世界を志した。その道は閉ざされてしまったけれど、だからと言って、それ以上に効果的な職業やアプローチは見出せていないのが正直なところです。だから、途方に暮れていますよ。でも、もういい年ですから、そろそろ「ここが俺の主戦場だ」と言えるところを見つけたいとは思いますけどね。

三浦　今までに、主戦場となる場所はなかったんですか？

乙武　ゼロではないですよ。テレビでコメンテーターを務めたり、スポーツライターとして選手の思いを読者に伝えたり、それぞれやりがいはあったし、楽しかった。ただ自分の使命を全うできているのかと考えると……どうかなあ。あ、唯一「ここが俺の主戦場だ」と思えたのは、教員時代の三年間だったかもしれない。あんなにつらかったのにね。

三浦　乙武さんは、自分にとっての天職というものが確立しないうちに著名人になってしまった。象徴性を背負うってしんどいことですよね。オバマ前大統領はたいして大きなことはしないうちにスターになり、黒人という象徴を背負うリーダーになりました。でも、社会的課題に取り組みたいと思うのなら、人をどんどん巻き込んで望む方向に行ったらいいと思います。そこが戦略的に賢い場所かどうかはその都度考えていかなければいけませんけれどね。乙武さんの、目の前の相手に影響を与える能力は、手足がないことによって最大化している。政治家という仕事は、主戦場といえるようになると思いますよ。

乙武 なんだか煽られていますね（笑）。

三浦 煽ってるんじゃないの。ご縁があってこうして長い間話してきたから、やりたいことを見つけてほしいし、やりたいことをやって乙武さんに自己実現してほしいなと思うだけ。政治はストレスがあると思いますよ。でも、やりたければやったらいい、と思います。ただ、社会を変えるのは政治だけじゃない。私は、経済人にも経済的な活動として足跡を残してほしいと期待します。

たとえば、社会起業家はすでに日本にたくさんいますよね。認定NPO法人フローレンス代表理事の駒崎弘樹さんはビジネスとして社会変革をされている。

乙武 駒崎さんには、きちんとコアがありますよ。彼はワーキングマザーに育てられていて、母親が新聞配達する自転車のカゴに揺られながら育っていたりする。だからこそ、子育て問題にはこだわりがあるし、とにかく子育てする女性を支援したいという確固たる思いがある。

慎泰俊《シンテジュン》さんはご存知ですか？　機会の平等を実現して貧困を減らしていくために、今は途上国を中心にマイクロファイナンスの事業を手がけている。彼は無国籍という境遇なのでパスポートを持っていないのだけれど、それでも年間八十回以上は国際線に乗って海外を飛び回っています。それも全部エコノミークラス。周囲は「ビジネスクラスに乗ればいいのに」と言うけど、「私がお金を使う時は、必ず株主や、社員、顧客に対して、私がこの金額を使うことが妥当か、事業にとってプラスを生み出せる投資なのかをつねに考えるんです」と。それでね、いまでもボロボロのベルト使っているんですよ。成功を収めつつある起業家なのだから、もっといい身なりをすればいいのにと思うんですけど、「まだ使えるんで」とか言って。彼などには本当に魂を感じますよ。

女性は判断力がない？

三浦　社会を変える、ということで実は自分を変えるという効果もあるのかもしれないですね。いま、ふとメディアアーティストの落合陽一さんのことを考えていました。落合さんはリベラルのはずなんだけど、奥さんは仕事のことしか頭になくてそそっかしい夫のために、赤ちゃんを連れて夫の忘れ物を届けに空港まで来ていたりする。実は羽田で落合さんが呼び出されているアナウンスを聞いてしまって、あとで落合さんに「奥さん大変じゃない。なんでそんなに昭和の男なの？」と聞きました。彼はあっけらかんと、そうですよ、って言うんだけど（笑）。リベラル男子にも意外と「昭和」が多いなというのが私の感想です。最近の政治家を見ていると、社会を変えなきゃと言いながら、結構自分で変わろうとしているところもあって、興味深いです。

乙武 以前にもそんな話をしましたね。私の父もそうでしたけど、頭で思っていることを完全には行動に落とし込めていないんですよ。リベラルのふりをして、すごく男性優位のまま。父が「そこにゴミ落ちてるよね。あれ三日も前から落ちてるんだよ」と指摘したら、母が「気づいてるなら自分で拾いなさいよ」とやり返した。母はこれを笑い話として語るのですが、私はまったく笑えないんです。

三浦 ご自分でもやりかねないということですか？

乙武 そうですね。頭ではわかっていても、昭和から受け継がれてきた古びた価値観が、いまだに抜けきっていない。いやあ、本当に情けないですよ。情けないとは思っているのに、ふとした時に思わず出てしまう。私たちの世代で変えていかなければならないと思うと同時に、私よりひと回り近くも下の世代である落合さんでさえそうなのかと思うと、はたして変われるのかなと不安に思ったりもします。

三浦 作家の鈴木涼美さんっていますよね。彼女が提起しているリベラル男子の問題は面白い。世のリベラル男子は、ポリティカル・コレクトネス（ＰＣ）を極めた結果として、男女の関係性にすら責任をとらなくなっていると。彼女はそれを「私、AV女優になろうと思うんだけど」と女の子が彼氏に相談した時の反応のパターンのひとつとして書いているんです。

彼女が嫌な男性の反応は、一瞬嫌な顔をしたあと、「それはあなたの自由だから」と返すものだった。まあ最悪のリアクションな気が私もします。リベラルのふりをしているけど、人ときちんと向き合えていないだけだと彼女は問題提起をしているわけです。女の子の多くはたぶん、いまだに相手にしっかりとこっちを向いて、構ってほしいと思っているから。

男女それぞれの欲望の形は、世代によってそこまで変わっているわけではない。男性はなんだかんだ言っても侵食していく性、女性は侵食される性です。マイノリティとして異なる性癖や嗜好を持つ人はいるのだけど、やっぱり女性の側はまだ「男性、きちんと責任とれよ」という気持ちがあるんじゃないかと。結局、男女関係というのは、どちらがより感情を「持ち出し」ているかが問題になり続けるんじゃないでしょうかね。

日常的には、仕事をしながら相手の世話をしたり、気遣ったりと女性のほうがよっぽどマルチタスクをこなしている場合が多いから、もし男性がふわふわとたまにそこにいるだけで、何も責任を取らない存在だったらやはり問題になってしまう。乙武さんはさっき、自分の世代では変われるのか不安だ、とおっしゃっていましたけど、そうなると希望がありませんね。

乙武　いやあ、それは難易度の高い問題だなあ。私も「君の自由だから」と言うことが正解なのだと思ってました。いや、もちろん感情的には嫌だと思うのでしょうけど、こちらの感情をどこまで押しつけていいのかと考えてしまう。でも、こういうのは先に正解を言ってほしいです(笑)。言われないとわからないですよ。あ、でも言われたら言われたで、むくれる男もいるんですよね……すみません、男ってホントしょうもないですね。

三浦　でも、パートナーに好かれようと努力するというレベルのことでしょう？　乙武さんもそうしているでしょうし。愛される努力をしている男性はたくさんいる。たとえば私は「駄目」と正面から言うことはない。でも好かれたいと思うから、夫は頑張ってくれたんじゃないかな。

乙武　多くの男性は、バカで卑怯。これには賛同せざるを得ませんが、一般的に女性はどんな属性が強いと考えていますか？

三浦　女性の課題、ということですね。社会的な教育のなせるわざとして、判断をする経験に乏しく、判断力が身につかないケースが多いんじゃないでしょうか。でも、持久力はあるし、耐性もある。よく気がつくし、マルチタスキングもできる。「どう思う？」と夫に全体的な判断を任せてしまうことが多い現在の男女のあり方は、今後変わっていくのかもしれません。

乙武　その判断力というのは、細かなことというよりは、大局観寄りの判断力ですかね。

三浦　そうです。だから子供の日常的な判断などは、日々女性が細々とたくさん下している。一方で我が家でもどちらかと言えば、夫のほうが大きな判断を下している頻度が高い。対等な夫婦関係のはずですが。

乙武　そう言われて腑《ふ》に落ちる部分があります。私もパートナーに判断を任せておきながら、あとになってイラっとすることがあるんですよ。

三浦　えー！　イラっとするの？

乙武　さっきの「リベラル男子」そのものかもしれませんが、「君が思うならいいんじゃない」と言っておきながら、結局のところ納得いってないことってあるんです。

三浦　すべての事例で乙武さんの意見が通るのはおかしいでしょう？　それとも、すべての事例で本質的には自分の意見が通るべきだと思っているの？

乙武　経験値などから、あきらかに私のほうが判断力に優れているだろうと思えるような場面でも、変に気を遣って「自由に決めていいよ」とか言ってしまうんです。でも、その結果があまりいい方向に行かなくて、「ああ、やっぱり自分で判断しておけばよかった」とか後悔することがあるんですよね。まあ、「相手に委ねる」と決めたことも含めて自分の判断なので、受け止めるしかないんですけどね。

第6章　私たちへの批判はなくならない——三浦瑠麗、乙武洋匡

三浦さんの自伝を読んで

乙武　三浦さんが上梓《じょうし》された自伝的作品『孤独の意味も、女であることの味わいも』、読ませていただきました。

三浦　ありがとうございます。あの本は、すごく短い期間で書いた本なの。十日でほとんどを書き切ったから、編集者も驚いていました。

乙武　構成が凝っていますよね。普通は時系列に物語が進んでいくけれど、あの作品は時空が行ったり来たりする。新鮮な組み方だなと思いました。

三浦　はじめは一番ちいさい頃から書き始めたんですよ。けれども、後から構成を変えました。人間の意識が記憶へと辿り着いていく過程をそのまま示してみてはどうだろうか、と。記憶というのは連想的に思い起こされるものだと思うんですね。長女を死産したあとの場面は、異なった角度から二度書かれています。人生の中で、この出来事を何度も見つめ直し、記憶を再訪しましたが、その都度異なって見えてくるものがあるんですね。

乙武　読み終えた直後の感情を自分なりにツイッターに書き込んだところ、母が、「あなたのツイートを見て三浦さんの本を読みたくなった」と言っていました。

三浦　あら、ありがとうございます。でもね、ほんとうにびっくりしたのは、普段あまり本を読まない方も読んでくださったということ。ＳＮＳでたくさんのそんな感想をいただきました。

乙武　かなり反響は大きかったのではないですか。

三浦　批判したり叩く人もいないというわけじゃありませんね。

乙武　え、本当ですか？

三浦　発売後一ヶ月ほどしてネットメディアのバズフィードのインタビューに応じたんです。当初、私は本を読んでくれる人がひっそり色々なことを思ってくれたらいいなと思っていました。でも、性暴力に関する世間の認識を改めるために活動してきた記者さんの志が立派だと思っていたから、そこはあえて協力したんです。そうすると、本を読んでいない人が興味本位やバッシング目的で反応する場を開くことになります。四千を超えるコメントがつきましたね。全部は読んでいません。もう年だから。

乙武　ＳＮＳ上のさまざまな意見との付き合い方は、年々難しくなっていきますね。

三浦　本という媒体の素晴らしさをやはり思うんですけどね。乙武さんはツイッターでの言動が優しいですよね。

乙武　以前は言いたいことをストレートに言わせてもらっていましたが、最近はちょっとしたことですぐ炎上しますからね。私がツイッターを使い始めたのは二〇一〇年ですけど、当時はまだ牧歌的な言論空間で、現在のインスタグラムのようにリア充の方々が交流している場だったように思います。それが二〇一一年の東日本大震災で「防災ツール」としての役割が注目されるようになり、どっと人が増えた。そこから少しずつ他人の揚げ足をとるような人が増え始め、いつしか現在のような「不謹慎狩り」が始まるようになった。

三浦 今では、ツイッターは政治でも芸能でも「不謹慎」と認定しては、炎上させるツールになっていますね。

乙武 それぞれが心に秘めていた本音が可視化されるようになったんでしょうね。他人の書き込みを見て、もともとはわずかな違和感だったのが激しい怒りにまで増幅されるといった効果もあるようですが。

三浦 ツイッター上の乙武さんが優しくなったのは、騒動後の炎上が原因?

乙武 それは大きいですね。いまは炎上させてやろうと手ぐすね引いて待っている連中がたくさんいますから(笑)。それまでは、みずからの障害をネタにしたジョークなんかもつぶやいていたんですけどね。

三浦 きっかけがあったんですか?

乙武　ある時、いつも仲間内でしているようなジョークをそのままツイッターに書き込んだら、「こんなことを書くなんて不謹慎だ」と非難されたんです。ちょっと面食らってしまって。誰かを揶揄したわけではなく、あくまで自分をネタにしたのに不謹慎だなんて、いったいどういうことだろうと。これは放置しておくよりも積極的にみなさんの価値観を揺さぶっていくほうがいいなと思って、そんなつぶやきを頻繁にしていたんです。

ＳＮＳでの炎上

三浦　今の三十代、四十代でさまざまな発言をしている人たちは、どこか炎上に耐えた人たちですよね。私も乙武さんも「炎上」という洗礼を受けている。一方でもっともっと上の人たちは、世代的にＳＮＳとの付き合い方をあまり知らない人が多い。知っていればいいというものでもないと思いますが。だから、知り合いの方でもフェイスブック投稿の方が多くなるのかな。ＳＮＳは人を傷つけやすいということですよね。

一方で、ツイッターの中では、ポリティカル・コレクトネスと固定化した言説のぶつけ合いが日々目に入る。そこにも配慮しなければという思いはありますか？　たとえば自分の意見の白と黒のあいだの微妙な色合いをどう出していくかは難しい問題ではないですか。

乙武　思想的な部分もそうですが、私自身の見せ方も難しいですね。以前はメディアで「白」だと思われていたので、意識的に「黒」を出すようにしていました。そうすると「また謙遜して」と言われる。いまは「ドス黒い」と思われているので、ちょっとでも「白」を出すと「この偽善者が」と言われる。難しいですね。

三浦　そうですかね。乙武さんを応援している人は今もいると思いますけど。

乙武　もちろん、ああした報道があった後でも「プライベートは関係ない」「それでも応援する」という方がいてくださるのは本当にありがたいことです。でも、そうした方に向けて発信していくだけでいいのかなという現状への苛立ちのようなものは感じています。いまだに私を支持する方々に向けて発信していくのは居心地もいいし、棘のある言葉の数々を浴びなくて済む。でも、その人たちはすでに私の考えに共鳴してくださっているから、それ以上訴えても社会を変えるという意味では効果が薄いんですよね。むしろある話題に無関心な方であるとか、私とは異なる考えの人に向けて「こういう考え方もありますよね」と提示したい。そこで少しでも「なるほどね」と思ってもらうことで、私の発信に価値が出てくると思っているんです。でも、騒動以降はそれがなかなかできていないかな。

三浦　ということは、また、響かない層への訴えを始めるかもしれないということですか？　例えばいつ頃、とか。

乙武　その潮目がいつなのかは、しっかり考えていきたいところです。

三浦　ほんとうに難しいですよね。私が論壇に文を発表するようになったのは、子育てを一段落させた三十代半ばのころ。同世代や少し上の世代の言論人が、SNS上でさんざん格闘したあげくに炎上し、荒廃した言論空間が広がっていました。初めてお会いしたそんな論客の方々も、みんなやさぐれているように感じてしまって。ネット上の議論にとても疲れていたんだろうと思うんです。自分についてくれた固定ファンとだけ向き合う空間に入っていってしまった人も少なくない。だから私たちの世代には、かえってマスマーケットを相手にした言論が少なくなってしまったんじゃないでしょうか。この現象は明らかに、早い時期からSNSを舞台に言論活動をしたことの弊害だと思っています。

瞬時に反応しない

乙武　もうひとつの弊害を挙げると、言論人が左右ともに過激化していくことですかね。右にも左にも一定の熱量を持った人々がいるので、極端なことを言って彼らを喜ばせたほうが人気も出るし、何より商売になる。だから、どんどん言説が過激なものになっていく。

でも、政治にしても社会問題にしても、そう白黒はっきりしたものって多くないですよね。なのに、そうした評論をできる人がどんどん減っているなという気がします。右でも左でもないということは、右からも左からも砲火を浴びるということですから。

三浦　昔だったら書籍の感想は、せいぜい出版社経由でのお手紙でした。今はツイッターやアマゾンなどのネット書店のレビューなど読者の感想が瞬時に著者の目に触れてしまう。影響を受けやすく生きづらい世の中になったと思いますね。そもそも、批判に動じない人って少ない。私は政治的な信条が異なっていても、いいな、面白いな、と思うコラムなんかはよく読むんです。しかし、さすが、と思うような批評を書く書き手でも、SNSでは容易に逆上してしまう姿を見ます。人間の本性なんて見せるようなものじゃないです。人間の本性を抉るような小説というのも、怒りに任せて書きなぐったんじゃなくて、用意周到に構築し磨き上げられた文章ですからね。

私たちはそのあたりも意識しながら、SNSを使いこなさないといけない時代になっています。書き手に限らずほとんどの人が、「本当に人々に伝えたいことを当たり前に言う」ところから離れて、「その日に選ばれたネタに対し、瞬時に気の利いた一言で反応する」ことを目指している。私はニュースに即時に反応するのをもうずいぶん以前に止めているんです。仮に今アメリカとイランの間で戦争が起きたとしても、せいぜい記録のために新聞の記事をリツイートするくらい。戦争開始から三日、あるいは一週間後ぐらいにブログで書くかもしれません。そのくらいのタイムスパンでいいんじゃないかと思っています。

乙武　あえて遅くすることに意味が出てきますね。

三浦　いの一番で自分の意見を表明する必要はなくて、しっかり一線を引いて、何をツイートするか、何をツイートしないかを意識することが必要だと思います。

乙武　二〇一九年の五月末、川崎で通り魔殺傷事件が起こりました。犯人に対して、「死にたいなら一人で死ね」という声が広まった。そこに、私はものすごく違和感を覚えたんです。でも、すぐにはうまく言語化できなかった。

その思いをどう発信したらいいか、一週間ほど考えていたんです。そこで、ようやく気がついた。私が引っかかりを覚えていたのは「一人で死んでくれ」の前提になっている「死にたいなら」の部分だったんだと。犯人は、本当に死にたかったのか。生きたくて、生きたくて仕方がなかったけれど、どうにもならなくてあのような凶行に及んだのではないかと。「自殺するのに他者を巻き込むな」というのはこれ以上ない正論なのでそこに異を唱えるつもりは毛頭ないのですが、ただ「死にたいなら」と犯人の命をあまりに軽んじた言説は、今後も同様の事件を誘発しかねないなとも思ったんです。

そんな文章を一週間ほど経ったところで、ネットサービスの「note」に書いたんですけど、事件当日にツイッターで書いていたら、そこまでたどり着けなかったと思います。一週間という時間をかけて寝かせたことで、やっと言語化できたのかなと。

自分たちへの批判は、なくなるのか？

三浦　乙武さんは今現在も、「自分は叩かれている」と感じることは多いですか？　女性問題や、社会のバリアフリー化などについて。当時、乙武さんが「保守」に行ったという批判はちらほら見かけましたね。乙武さんが政権側に入ることで、障害者としての象徴性を政権側に利用される、といったもの。リベラルな課題が政権によって取り込まれてしまうことへの不安が、批判の根っこにはあったのではないでしょうか。

乙武　たしかにマイノリティとして意見を発してきた私が保守政党から出馬するとなったとき、「裏切り者」と罵られたのは事実です。ただ、私は「誰が達成するか」にはあまり興味がないんですよね。多様性の実現は〝左陣営〟が達成しなければならないのだ、というこだわりは特にないんです。

三浦　でも最近は乙武さんが叩かれているという印象をそんなに受けないんですよね。

乙武　たしかにここ最近はメディア出演も増えてきましたし、講演に呼ばれることも増えてきました。イベントを開催すれば、多くの方が駆けつけてくださる。でもね、そうした参加者の方が私とのツーショット写真などをSNSに投稿すると、十のうち三ぐらいは「こいつは信用できない」「こいつを応援する人の気が知れない」というネガティブなコメントがついてしまったりするんですよ。

私に直接批判が来るならば甘んじて受けます。ただ私を応援してくれる方にまで火の粉がかかってしまうのを見ると、やっぱり申し訳ない気持ちになります。もちろん、それがゼロになることはないでしょうから、どこかで割り切らなければいけないのかもしれませんが。

三浦　あらら。私の場合は、もともとそのくらいはネガティブなコメントですよ。それも性差別的なものだったりね。乙武さんの「十個のうち三個」というのも減ることはないんじゃないでしょうか。

騒動が起きる前の乙武さんは、象徴性のあるポジションで、決して叩いてはいけない存在だった。変な言い方ですが、ある意味、個性を認められていなかったのかもしれません。今は罵倒されることも含めて、人格や個性を認めてもらっているということです。行動者としての人格を認められたら、当然アンチは出てくるし、ぶれずに続けていればその数は減らないと思うんです。

暴行事件の重みは違ってきている

乙武 この対談の序盤では、三浦さんが、どのようにして今の三浦瑠麗さんになったのかを伺ってきましたが、どうしてもお聞きしなければならないことがあります。『孤独の意味も、女であることの味わいも』の中で、中学生時代に男性に集団暴行を受けたことを明かしておられました。ここ、やはりお聞きしてもいいですか。

三浦 ええ。あの事件は、娘の出産前と出産後とで、私の中での重みは違ってきています。瞬時に思い出される人生で一番重要なことは、何よりも娘たちのことであり、それは今だから言えることとです。自我や、親子関係や、男女の恋愛関係の方が、いま振り返ってみたときに私の人生にとって重たいテーマです。

だけど、あの出来事が長らく自分を規定するものだったことは確かです。自分の恋愛に対する態度も、それによって影響を受けているとあとから思ったこともあります。若いときはいきなり意識を失ったり、自律神経が失調をきたすこともあったけれど、親元を離れて自立してからしばらく経ったらなくなりました。自殺をよく考えていたのに、そんなこといまは一切考えない。結婚して出産して子供を育てる道のりは、私にとって癒やしの過程でもありました。もし私が二十代後半で人生を振り返っていたら、ずいぶんと違う位置付けだったでしょうね。

乙武　私は、まず、容易に言葉にすることができないなと。川崎の事件の時と同じで、読後の感情をツイッターでは「すぐには感想を言語化できないし、自分の陳腐な言葉で作品を汚してしまう気がする」とつぶやきました。ちょっと自分の中で寝かせないと、言葉が出てこないなと思ったんです。そもそも言葉にする必要があるのかなと思ったくらい。

いまは、うーん、そうだな……耐え難いことを十代で経験し、それも女性だったが故の悪夢のような体験で、だけど真摯に生きているうちに、仕事や死産、そして出産など、これまた女性だからこそ味わう辛苦や喜びも経験して、それら一つ一つを自分の人生の中に丁寧に編み込んでいく中ですべてが分離できないものになっていって、そうして三浦瑠麗という人間になっていったのかなと。

でもね……じつを言うとまだ私の中では消化できてなくて……。ただ悔しいな、と。やっぱり悔しいよ。理不尽なことって。本当のことを言うと、この感情を三浦さんにはあまり見せたくなかった。安っぽいなと自分でも思うんです。こうして涙なんか流して。安っぽいね。でもね、ご著書であの場面を読んで、私の中に渦巻いた感情に、あらためて私の中で三浦さんがとても大切な友人になっていたんだなとわかりました。

三浦 ありがとうございます。これまで夫やお付き合いした人には話したことがありました。最初は、当然ですが反応にならない。「まじか」とか、「え？」と言ったきりで、絶句したり。自分の動揺をうまく抑えられないから、「がんばれ」と声をかけて手を握ることぐらいしかできなかったのでしょう。

私は、児童虐待のニュースにふれると、背筋に氷の柱が立ったような張り詰める思いになる。それは母だからなのでしょう。そういう感覚と一緒で、おそらくこの出来事を聞いた相手は、本能として守りたい存在が最悪の恐怖に直面したのを知って、拒絶反応を示してしまうんだと思います。その拒絶反応の先に、正しい理解がすぐにあるかどうかは個人差があると思っています。

乙武 打ち明けないほうがよかった、そう思うこともありましたか？

三浦　良かった時と悪かった時があります。悪い場合は、「俺だけが瑠麗をわかっている」と逆に思い込んで、私の一挙手一投足を束縛しようと思ってしまう。誰と食事に行くかとか。私のことを大切に思ってくれているのかもしれないけれど、それは単なる独占欲でしかないような気がしたんです。

乙武　もちろん良い場合もありますよね。

三浦　そうですね。相手にとって、私という人間が少しでも「分かる」状況になったことでかえって安定したことはありました。夫の場合がそうかな。

乙武　私が他の男性と違う点があるとすると、肉体的にどうしても屈服させられてしまう場面が多いので、そうした悔しさを少しは共有できる、ということでしょうか。もちろん、それとこれとは違うし、さらにいろいろな要素が加わっていて、比較すべきことではないことはわかっていますけれど、やっぱり屈服させられた時の感情というのは私も持ち合わせているだけに、私の心に突き刺さるものがあったのかなと。

この世には「絶対的な悪」がある

三浦　改めて振り返ってみると「世の中にこんな絶対的な悪があったんだ」と感じたと

いうのが、一番かな。いじめは経験していたし、意地悪な同級生はいたけれど、彼らはせいぜい機嫌が悪いというくらいです。でも、私は絶対的な悪だったり悪意が世の中にあるということを初めて理解したんです。あの時感じた悪の手触りは、私がSNS上でどう振る舞うのか、その所作にも影響しています。悪にはもちろん立ち向かわなきゃいけないけど、悪を説得するつもりはない。悪からは離れるべきです。

社会善を標榜している人の中にひそむ女性嫌悪みたいなものも、わかるようになりました。「人をねじふせたい」「生意気な女を罰したい」という感覚を持っている人のことは、遠ざけて相手にしないほうがいい。会ったこともないのに、そしておそらく本を一冊最後まで読んだこともないだろうに、相手を憎むという行為そのものが理解できないですね。関わってろくなことがないに違いないと思います。

でもここで言っている悪というのは非人間的なものではなくて、普通の人だって陥るかもしれない悪です。時々大人になってからも、昔のことを思い出しますね。

乙武　以前、AbemaTVの報道番組「アベマプライム」でご一緒しました。その時の三浦さんの振る舞いが、ずっと印象に残っていました。前半は、第四次安倍改造内閣のことなどを大変理性的に語っていて、国際政治学者の顔だった。後半は医学部入試での〝女性差別〟問題やアメリカのアラバマ州で成立した中絶禁止法の感想を求められると感情をものすごく表に出していた。言葉は悪いけれど「絶対に許さない」という感情の発露に見えた。学者としての顔、個人としての顔、その二つがどのように三浦さんの中にあるのか、お話を聞いたことで、すとんと腑に落ちました。

三浦　三浦瑠麗は女性問題には積極的に発言するのに、安全保障でリアリストだったり権力側の目線であるという「良心的批判」を多く受けてきました。政策評価に関する違和感は、私の人格とは関係のないものです。それは、性暴力や性差別を受けた人間は冷静に物事を考えられなくなると言っているに等しい。

弱い存在を守ることと、リアリズムに立つことは、両立します。私にとって理性で物事を判断するということは、けっして感情を殺すことではなくて、真実を見つめ続ける強さを裡《うち》に養うということです。それに、具体的な政策について相手が反対したり、そう思わなくても構わない。色々な立場や考え方があってこの社会は成り立っているのですから。

それでも批判してくる人たち

乙武　私は普段なら、「あなたがどう思おうが、私の意見を言わせてよ」というタイプの人間ですが、この問題については、三浦さんがどう思ったか、どう考えたか、どう話したかがすべてだから、何か感想を言うことがそぐわないんじゃないか、と思っています。

三浦　実はそうは思わない人もいるんですよ。私はあの時、警察にも通報できず、高校生になってから母にあくまでもぼやかして伝えることが精一杯だったわけですが、それを取り上げて批判する人もいます。私が警察に行かずにひとりで悩みをやりすごしたことを、そのような犯罪にあったこともない人間がバッシングする、という状況を目の当たりにしましたね。人を教える立場の教育者も含まれていました。もう言いたくもないんですが。

私は被害者という存在を、声なき者としてひとつのバスケットに入れてしまうことの暴力を強く感じてきました。被害者には様々な人生があり、様々な異なる声があります。そういったことが言いやすくなるように社会の意識を変えていきたい。

乙武　三浦さんは伊藤詩織さんがジャーナリストである山口敬之氏から性的暴行を受けたとする『Black Box』にコメントを寄せていましたよね。

三浦　確か新聞広告でしたかね。本のゲラを読んで推薦文を書くことを決めた時は、あえて当事者であるとは言いませんでした。それは、当事者であろうがなかろうが、彼女の人生のストーリーに寄り添ってあげたいと思ったからです。加害者の男性は不起訴になっています。有罪無罪は私が決めることではないからそれについてはコメントできないけれども、あの男性は外形的な事実だけで十分職務上の倫理違反を犯しています。彼女の悲しみに寄り添ってあげたいと思ったし、それは彼女だけの人生の物語であるのだから、他の人間は思いを伝え、寄り添うことしかできないのです。逆に、あの時点で私も、などと言うことは、彼女に寄せられた社会的注目を減ずることになってしまう。私は、性暴行に対する意識や、その後の警察や裁判所の対応に関する改革を頑張ろうとしている、彼女の努力を応援するために推薦文を書きました。いわば妹や子供に寄り添うようなつもりでした。

乙武　三浦さんは、ご自身の中学時代の被害を公にしてよかったと思っていますか？

三浦　もちろん。基本的には、本を読んで「書いてくれてよかった」と言ってくださる方の声のほうが多いです。ただし、私はそうでない部分もすべて受けとめています。私の告白がもたらした二重性を確認できたことは、人生にとってプラスでした。

人生は分厚い記憶の積み重ね

乙武　この対談の冒頭で、私は三浦さんにある質問をしていました。最後にもう一度、同じ質問をしようと思っていました。改めて伺います。三浦さんは、女として生まれて、よかったと思いますか？

三浦 はい。すごくよかった、と思います。

乙武 最初に伺った時と、それから何度も対話を重ねた、今伺った言葉と、その響きが私の中で全く異なっています。

三浦 女として生まれてきたことはよかった。他の生き方は知らないけれど。女であるということに加えて、もともとの性格も影響したのでしょうが、いろいろな出来事が降り掛かってきました。それでも、私の人生は豊かなものだったし、女として生まれたことに後悔はありません。

人生は分厚い記憶の積み重ねです。それを凝縮した自伝的エッセイを書いて発表しました。日常のなにげない光景に幸せを感じるのは、重いことも悲しいことも、見つめ続けてきたからじゃないかな。朝ごはんをいただくパン屋さんで、お店のお姉さんとほんのちょっと会話する脇を、子供がちょこちょこ走り抜けて、クリームパンをとってきたりすること。そんな何気ない瞬間が、いまの私の幸せを形作っている。

性格というものはそうそう変わらなくて、私たちは自分自身とずっと付き合っていかなければならない。私の場合は、小さい頃から今にいたるまでずっと八方美人ですし、目の前にいる人に、これからも変わらず過剰な愛情を注ぐと思っています。女性でよかったと思うし、色んな人に会えてよかったなと思う。

乙武さんも、さまざまな出来事が自分の中に編み込まれて、いまがあるんですよね。

乙武　私も、障害者に生まれてよかったと思います。これは三浦さんの言葉以上に、ひょっとしたら強がりに聞こえるかもしれませんけど、でもね、生きていて面白いんですよ。もちろん、障害者として生きていればしんどいこと、社会的な障壁、いっぱいあるし、それらを肯定するつもりはないんだけれど、それでも平坦な道を歩む人生は、私には物足りなく映ってしまうんでね。

ただ、次に生まれてきた時は健常者がいいかな。それは健常者が障害者より上だから、ということではなくて、もうこっちは十分味わったからです。そういう意味では、次は女性に生まれるのもいいかもしれない。それでも、この人生は乙武洋匡を一生懸命生き切ってやろうと思っています。

おわりに

この企画が提案されたのは、確か一年以上前だった。乙武さんとその後、文藝春秋の古めかしい会議室で対談を重ね、弊社の会議室で通りを歩く人を眺めながら、いろんな雑談もした。私がときに寝不足でアップダウンがあっても、いつも明るく穏やかな彼の態度は崩れることがなかったし、常にジェントルマンだった。

私たちが親しくなっていくと、完璧な彼の佇まいは、そのなかにある熱い思いを包んで姿勢をしゃんとさせるための制服のようなものでしかないことが私にもわかってきた。一見、彼は成功者だ。スキャンダルがあってのちも各国を自由気ままに放浪して帰ってきて、テレビ番組に戻っている。最近では、義足を付けて歩くという並々ならぬ努力を始めて、多くの人が彼を応援している。けれども、彼は満足しない。「自分の欲望に正直でいたい」から「世の中のこういう悪を許さない」まで、その体の中に納まりきらないエネルギーを抱えて生きている。彼を見ていると、「ノウ・ユア・プレイス」という言葉がばかばかしいほどに蹴っ飛ばされることを感じる。おかれた場所で咲くこと、自らの分を知ること。そんな鎖をぶっちぎって彼は生きてきたからだ。

強い障害者。彼に被せられるのはそういう表現になるだろう。それは、黒人の大統領、とか、女性の政治家、とか、鎖を振りほどいて生きてきた人々と似たような立場だ。彼の個人としての強い性格は、障害者というカテゴリーさえ飛び出てしまった。乙武さんは、障害者なのにバスケットボールができたから夢を与えたのではなく、障害者なのに歩けたから夢を与えたわけでもない。乙武さんは、ひとりの人間として、人びとが安易な感動物語として消費できないところまで自己実現を目指しているから。だから、彼は何かをぶち抜いた存在なんだと思う。実際、彼といるとストローの袋を開けてあげたり、ドアを押さえたり細かなことはするものの、その動作以外では、まったく忖度というものを私はしないで済む。

筆を入れながら対談を読み返してみて、なんだか年齢の逆転したお姉さんみたいになっている自分がいて、苦笑してしまった。男の気の付かなさから、過去の女性とのすれ違いや、彼が政治家として目指していたスタイルにいたるまで、赤裸々な指摘が並んでいる。私の側も、聞かれたことは何でも正直に話している。

私たちは、ともに強い存在。だが、ともに深い傷を抱えて生きている人間でもある。だから、乙武洋匡という人間を解剖したり、三浦瑠麗という人間を解剖したりするその相互理解の過程は面白かった。自分の傷跡すれすれのところまで相手を近づけながら、お互いを知り、自分が考えていることを率直に言い合える関係を築く作業だった。

弱者というカテゴリーを背負いながら、弱者ではない自分。そんな共通項は、私たちを近づけてくれた。そして、乙武さんの前では私はいわゆる健常者のマジョリティであり、私の前では乙武さんは昭和的価値観を部分的に背負ってしまった男だ。このことは改めて、もっと広い視点で多様性のある社会を考えるきっかけとなった。多様性というのは面倒くさいものだ。多数に倣えば問題は少ない。でも、乙武さんは障害者だし、私は女だ。自らがマイノリティであるという事実を私たちはどうしようもできない。かといって、そのカテゴリーにのみとどまろうとはしないし、できない。結局、それぞれの個性が際立つことによって社会に多様性があることが認識されれば、あらゆる人が活発に自己表現できる世界が近づくのではないかと思う。

なんだか不思議な本になった。私たちの対話を読んで、少しでも心身を縛っていた鎖がほどけるような、そんな気分になっていただけたとしたら著者冥利に尽きる。乙武さん、ファイト。

二〇一九年十一月　　三浦瑠麗

三浦瑠麗（みうら　るり）
1980年神奈川県生まれ。国際政治学者。東京大学農学部卒業、東京大学大学院法学政治学研究科修了。東京大学政策ビジョン研究センター講師を経て、現在は山猫総合研究所代表。著書に『日本に絶望している人のための政治入門』『あなたに伝えたい政治の話』（文春新書）、『21世紀の戦争と平和』（新潮社）、橋下徹氏との共著『政治を選ぶ力』（文春新書）などがある。

乙武洋匡（おとたけ　ひろただ）
1976年東京都生まれ。作家。1998年、早稲田大学在学中に上梓した『五体不満足』が600万部のベストセラーとなる。2000年、大学卒業。その後、スポーツライター、小学校の教員などを務める。著書に『ただいま、日本』（扶桑社）、『自分を愛する力』『車輪の上』『四肢奮迅』（講談社）など多数。

文春新書

1243

それでも、逃《に》げない

2019年12月20日　第1刷発行

著　者	三　浦　瑠　麗 乙　武　洋　匡
発行者	大　松　芳　男
発行所	株式会社　文　藝　春　秋

〒102-8008　東京都千代田区紀尾井町3-23
電話（03）3265-1211（代表）

印刷所	大日本印刷
製本所	大口製本

定価はカバーに表示してあります。
万一、落丁・乱丁の場合は小社製作部宛お送り下さい。
送料小社負担でお取替え致します。

ISBN978-4-16-661243-7

文春新書

◆こころと健康・医学

がん放置療法のすすめ　近藤　誠
がん治療で殺されない七つの秘訣　近藤　誠
これでもがん治療を続けますか　近藤　誠
健康診断は受けてはいけない　近藤　誠
国立がんセンターでなぜガンは治らない？　前田洋平
がん再発を防ぐ「完全食」　済陽高穂
愛と癒しのコミュニオン　鈴木秀子
あなたは生まれたときから完璧な存在なのです。　鈴木秀子
心の対話者　鈴木秀子
堕ちられない「私」　香山リカ
人と接するのがつらい　根本橘夫
依存症　信田さよ子
めまいの正体　神崎　仁
膠原病・リウマチは治る　竹内　勤
インターネット・ゲーム依存症　岡田尊司
マインド・コントロール　岡田尊司

100歳までボケない101の方法　白澤卓二
認知症予防のための簡単レッスン20　伊藤隼也
ヤル気が出る！　最強の男性医療　堀江重郎
ごきげんな人は10年長生きできる　坪田一男
50℃洗い　人も野菜も若返る　平山一政
卵子老化の真実　河合　蘭
糖尿病で死ぬ人、生きる人　牧田善二
さよなら、ストレス　辻　秀一
食べる力　塩田芳享
発達障害　岩波　明
医学部　鳥集　徹
がんはもう痛くない　内富庸介編
中高年に効く！　メンタル防衛術　夏目　誠
健康長寿は靴で決まる　かじやますみこ

◆社会と暮らし

池上彰の宗教がわかれば世界が見える　池上　彰
池上彰の「ニュース、そこからですか!?」　池上　彰
池上彰のニュースから未来が見える　池上　彰
ニッポンの大問題　池上　彰
「社会調査」のウソ　谷岡一郎
はじめての部落問題　角岡伸彦
フェイスブックが危ない　守屋英一
臆病者のための裁判入門　橘　玲
食の戦争　鈴木宣弘
生命保険のカラクリ　岩瀬大輔
がん保険のカラクリ　岩瀬大輔
詐欺の帝王　溝口　敦
潜入ルポ　ヤクザの修羅場　鈴木智彦
潜入ルポ　東京タクシー運転手　矢貫　隆
ルポ　老人地獄　朝日新聞経済部
ルポ　税金地獄　朝日新聞経済部

日本の自殺　グループ一九八四年
女たちのサバイバル作戦　上野千鶴子
首都水没　土屋信行
日本人のここがカッコイイ!　加藤恭子編
あなたの隣のモンスター社員　石川弘子
ヘイトスピーチ　安田浩一
2020年マンション大崩壊　牧野知弘
女子御三家　桜蔭・女子学院・雙葉の秘密　矢野耕平
本物のカジノへ行こう!　松井政就
生き返るマンション、死ぬマンション　荻原博子
「意識高い系」の研究　古谷経衡
子供の貧困が日本を滅ぼす　日本財団　子どもの貧困対策チーム
児童相談所が子供を殺す　山脇由貴子
闇ウェブ　セキュリティ集団スプラウト
予言者　梅棹忠夫　東谷　暁
スマホ廃人　石川結貴
帰宅恐怖症　小林美智子
高齢ドライバー　所　正文・小長谷陽子・伊藤安海

感動の温泉宿100　石井宏子

◆考えるヒント

聞く力 阿川佐和子
叱られる力 阿川佐和子
看る力 阿川佐和子・大塚宣夫
断る力 勝間和代
選ぶ力 五木寛之
70歳! 五木寛之・釈徹宗
生きる悪知恵 西原理恵子
家族の悪知恵 西原理恵子
ぼくらの頭脳の鍛え方 立花隆・佐藤優
人間の叡智 佐藤優
サバイバル宗教論 佐藤優
寝ながら学べる構造主義 内田樹
私家版・ユダヤ文化論 内田樹
誰か「戦前」を知らないか 山本夏彦
民主主義とは何なのか 長谷川三千子
丸山眞男 人生の対話 中野雄

勝つための論文の書き方 鹿島茂
世界がわかる理系の名著 鎌田浩毅
〈東大・京大式〉頭がよくなるパズル 東田大志・東大・京大パズル研究会
〈東大・京大式〉頭がスッキリするパズル 東田大志・東大・京大パズル研究会
つい話したくなる 世界のなぞなぞ のり・たまみ
成功術 時間の戦略 鎌田浩毅
一流の人は本気で怒る 小宮一慶
イエスの言葉 ケセン語訳 山浦玄嗣
なにもかも小林秀雄に教わった 木田元
何のために働くのか 寺島実郎
「強さ」とは何か。 宗由貴・監修 鈴木義孝・構成
日本人の知らない武士道 アレキサンダー・ベネット
勝負心 渡辺明
迷わない。 櫻井よしこ
議論の作法 櫻井よしこ
男性論 ECCE HOMO ヤマザキマリ
四次元時計は狂わない 立花隆
知的ヒントの見つけ方 立花隆

無名の人生 渡辺京二
中国人とアメリカ人 遠藤滋
脳・戦争・ナショナリズム 中野剛志・中野信子・適菜収
不平等との闘い 稲葉振一郎
プロトコールとは何か 寺西千代子
それでもこの世は悪くなかった 佐藤愛子
僕たちが何者でもなかった頃の話をしよう 山中伸弥・羽生善治・是枝裕和・山極壽一・永田和宏
珍樹図鑑 小山直彦
対論「炎上」日本のメカニズム 佐藤健志・藤井聡
安楽死で死なせて下さい 橋田壽賀子
世界はジョークで出来ている 早坂隆
一切なりゆき 樹木希林